유고(遺稿)

조연호 시집

문학동네시인선 136 조연호

유고(遺稿)

시인의 말

1994년부터 2018년까지 나는 시인이었다. 글쓰기가 실천이며 글쓰기를 감행한 모든 자가 용기 있는 자라고 믿었던 한때나마 나의 도덕은 충동적인 것이었다. '직접적인 것에 대해 직접적으로는 회상할 수 없다는 물질과 정신의 유일하게 합의된 원칙에도 불구하고 세계가 우리에게 있는 것처럼 그 자신에게도 있을 수 있는가'를 묻는 정신 외엔 아무것에도 도전하지 않았던 얕고 묘한 술을 추모한다.

2020년 5월
조연호

차례

사람은 본지 영혼이 깡마르고……
그리하여 시체는 참으로 짙은 빵이리라.

채색 묘비 앞에서
—시인의 삶

언덕의 녹빛은 초식동물의 굴광체(屈光體)에서 그리움의 폭이 좁아진다. 여행지에서 보았던 채색 묘비 음각 얼굴 모두가 노을을 애무한 표정이었다. 털 속에 파고들며 우주에게로 가고 싶다고 나는 말했다. 그사이 석양은 사람을 끌어안는 근육을 언덕에 넓게 펼치는 포식자의 꿈을 꿀 수 있었다.

묘비명은 이렇게 시작된다. '이곳엔 여름이 묻혀 있다.' 고철이려고 노력했던 포옹 뒤 장치의 모든 것이 정밀해졌다. 연단술(煉丹術)의 역사를 따라 여기엔 여름이 묻혀 있다. 석양이 근육을 빼내면 사람 역시 무너짐을 자연신 삼아 들풀과 함께 춤을 추리라.

사물의 노년은 당신께 달렸지만 그걸 젊어지지 않게 하는 건 내게 달렸다. 색칠한 돌과 달리 내겐 떼어낼 얼굴이 없고 또 포도알 부분이 늘 부족했다. 원했던 유일한 것은 높낮이뿐이었으므로, 평탄을 생각하면 곧바로 입이 영혼에 달라붙어 떨어지지 않는 병이 찾아왔다.

그리하여 절필한 사람만이 오직 번식한다; 물과 검정이 섞인 안료에 불과한 정신의 성기를 공유한 필사(筆寫) 가족이 세계를 채운다.

여기선 죽은 자가 주인인 발장단도 회상의 즉흥성을 더럽히지 않는다. 오 그대의 의지가 '지우라, 그대가 그리지 못한 모두를!' 환청을 듣고 심지어 신마저 삭제하기 위해 들판에 누워버린 파우누스(Faunus) 흉내가 아니라면 어둠은 수많은 밤의 가지마다 지금껏 대체 무슨 쓸모를 위해 인간의 잎사귀로 매달리고 또 떨어져 밟혔단 말인가?

영웅신이 하지 못한 유일한 것은 자신에 대해 감추지 못한 것이고 우리가 하지 못한 것은 그러한 감춤을 유일하게 하지 못한 것이다. 떨어진 목을 천사의 꽃으로 여긴 나는, 불사약을 훔쳐먹고 신으로부터 도망갔던 신화의 인물처럼 호루라기를 불며 시장마다 인간을 팔러 다녔다.

시체와 창자를 관장하는 신은 세상을 떠도는 비와 지평선에 맞잡혀 있었다. 금화(禁火) 풍속을 따라 떼어낸 살 조각은 살아 있음과 그렇게 한나절 차이가 났다. 젖은 동물의 옷을 마른 식물의 옷으로 바꿔 입은 이 시적인 무덤은 과연 죽은 자기를 반기기 위해 내성적이었던 걸까 아니면 반겨주는 자들을 위해 죽음을 내성화한 걸까? 등불을 켜두면 차츰 모여든 인외(人外) 존재 모두는 즐거운 얼굴로 이 세계에서 가라앉아 우리 세계로 사라져갔다.

술래잡기 후의 고독

세계는 불확실이 없는 공이었다. 그런 놀이를 떡갈나무로 가려주지 못해 정말 미안했다. 새의 이마를 소전(小傳)의 이야기로 두드리면 지치지 않고 밤이 불어왔다. 나는 분하게 짧아져가는 얼음이었다. 거기서 나는 이미 없어진 말이 다시 길게 차오르는 예절을 배웠다. 불확실의 공은 잠시 피부에 와서 광물의 꿈을 꾼 것일까? 쇳가루처럼 너에게로 날아 골격을 재설계하는 꿈을 꾼다.

스스로 뺨을 때리고 신께로 가면 파브르 곤충기의 더듬이 수녀가 마중 나왔다. 혼자라는 생각은 떠오르는 것이 아니라 발휘되는 것이다. 무당벌레에서 무당벌레로 떠돌며 하늘의 최음제를 소진하는 생물인데도, 그런데도 나는 사실에 무언가를 넣기를 아직도 쓸쓸히 잊어. 일적(日籍)은 보여줄 수 없으니 쓰지도 않아. 하지만 서로 다른 항로로 영원히 갈라져 나아가는 야만만큼 야만이 잘 간직된 곳은 어디에도 없어.

아무리 고양되어도 술래와 숨는 사람은 지상의 놀이가 되어버린다. 가계표(家系表)의 고요한 폭발이 도망자의 유일한 의태어였다. 농류(濃流)할 것, 비류(沸流)할 것, 술래잡기 후의 나는 무중력 속에서 존경어를 만드는 여러 접두사를 생각했다. 돌처럼 오로지 가루를 향하면서, 무게와 중심이 시작되기 전에, 아이들은 아름다운 술 속에 갇혀 언제까지고 부패하는 방법을 잃는다.

껍질 밖을 삐져나온 조개관자를 불쌍히 쓰다듬었다. 몇몇 저녁은 늙은 개처럼 해거름을 힘겹게 물고, 무는 동물로 영원히 인간에게 제한되어 있었다. 놀랍고 거대한 입을 가진 생물에게 가장 중요한 건 술래가 되는 것이었으니, 진개장(塵芥場) 쪽, 어쩌면 나는 그런 시를 알고 있다. 불깐 개를 안고, 진하고 더러운 노을을 걷어내지 않으면 세상은 기쁨을 넣어둘 수 있을 만큼 오래된 것이 전혀 아니게 된다는 그런 내용의 시를 알고 있다.

음미할 거의 대부분의 세속음악은 이 시기에 작곡되었다. 그들에겐 시간이야말로 영원한 성벽(性癖)이므로 술래잡기가 끝나면 밤은 별자리 연습 외에 아무것도 아니어야 했다. 고요는 거대할 수 없는 물건으로 몰락되어 있었다. 너무 애송되어 음(音)이 풀려버린 미친 시라면 놀이들은 찢어진 종이만큼도 책 밖을 뒹굴지 못했다.

세계는 연주 항아리였다. 하지만 직조공이 망가진 조향사(調香師)를 수선하는 사람 일반을 지칭하는 시기에도 항아리엔 아무것도 담기지 않았었다. 중력의 숲으로 떨어지는 종이와 글은 그렇기에 충분히 각박했을 것이다. 다만 나의 글에 대해, 중요한 할아버지는 왜 이런 걸 썼냐고 묻고는 학

생들과 밥 먹으러 가버렸다. 그래도 나는 무고함을 버리러 강으로 가지 않았다. 벌레에 바늘을 꿴 것처럼 나를 사랑하지 못했으므로. 개미가 즙을 찾는 것처럼 나의 가수를 뒤적거리지 못했으므로. '항아리가 울면 정혼하듯 바람이여 오세요, 보자기를 펴고 공기 안으로 숨바꼭질 오세요.' 첫 노을을 배우는 것처럼 저녁의 끝 장(章)은 언제나 깊이 목덜미가 베여 있었다.

아리스토텔레스의 나무
—시인의 악기

명법(命法)의 벌레는 즐겁게 히포케이메논의 잎사귀를 파먹으며 돌아다니기 때문에 삶의 형식과 상관없이도 삶의 질료가 아름다울 거라는 이야기를 들었다. 그러므로 아리스토텔레스의 나무는 모든 것의 나무이자 나무의 모든 것이므로 어느 부분도 썩지 않는다. 음정의 나열은 개인의 취향이지만 음정은 개인의 취향이 될 수 없다는 이치로, 이들 노래의 나무는 불순의 넓이를 정신의 길이로 나눈 각 면에서 낙원을 결정했다.

그 나무에 젊은 남녀가 목을 맸다. 이것이 죽음인 이유는 각각 체념의 길이로 흘러나온 물이 아직 이 세계의 실현을 불평등하게 하지 않기 때문이다. 어떤 실현을? 신이 실현의 묘지기라는 실현을.

첫 부분을 마지막에서 반복할 즈음의 음악은 신보다 정교하다. 그렇기에 근대음악에는 신의 메시지를 전달하는 여성이 없다. 몰래 나무 블록에 표시해둔 대낮은 자신은 지금껏 외부적으로 설계될 수 없는 조음(調音)을 해왔다고 자랑한다. 하지만 죽기 가장 좋은 새는 새떼일 때의 새다.

평범한 공기를 흔들어보아도 그 안에서는 고통에 비해 너무 작다고 말할 수밖에 없는 사람이 쏟아진다. 고막 안엔 소리보다 가여운 사람이 들어 있었다. 그 사람이 말하길, 자기를 여기서 빼내지 못하는 것은 단 하나의 음성이 아니라 너무 많은 음성 때문에 그러하다고 한다. 그것은 그렇다고 말할 수 없게 취급되는 소리의 유일한 선율적 적대감이다. 은밀한 배우지만 인격의 번역이 아니라는 점에서 우리의 귀가 은둔 예술로 완결되기는 몹시 어려웠다. 무정함을 손질하기 위해 하늘에서는 전정가위가 내려왔다. 그들 모두는 단절을 평면에 되파는 사람을 오래 그리워하고 있었다.

누군가 나에게 진지하게 말했다. 나 아닌 다른 사람이 내 글을 썼다면 더 좋았을 거라고. 어떤 사람이? 내가 쓴 글을 쓰기에 정작 더 그럴듯한 사람이. 그러니까 낮은 신분의 고기는 모든 것의 시이자 시의 모든 것이므로 어떤 구절도 썩지 않는다. 그에 따라 영원의 크기가 한 사람 이상인 자는 죽은 한 사람보다 이미 덜 죽은 자였다. "신의 크기를 알고 싶거든 골방에 들어가라." 그렇게 말한 수도사에겐 해가 져 있는 동안의 침실이 없었다. 그러나 모르는 것도 참으로 희구되어야 그럴 수 있다. 이파리들은 비로소 멍청해짐으로써 순도가 없는 영악한 상자 여는 법을 하나씩 실현한다.

문인들은 모범적인 국적자들이어서 우호적이든 적대적이든 항상 자국의 정을 나눴다. 그러니까 그들의 저작은 설령 읽지 않은 것이라 해도 결별의 관점에서라면 이미 약탈되어 있었다. 특히 시인 모두는 율동에 대한 깊은 관심으로 타인의 걸음 전체가 자신의 체조가 되기에 전혀 부족하지 않았다. 아리스토텔레스의 나무에 목을 맨 그들 남녀에 비할 만큼은 아니지만 나의 체력도 조금씩 늘어가고 있다. 언술가들이란 오늘이 하나뿐이기를 바라는 새이자 동시에 밤이 악곡의 가장자리가 될 때까지 새는 날아오르지 않는다고 믿는 새잡이들이므로, 누가 먹든 이 고기는 안전하다.

무독한 벌레 하나를 잘라놓으면 유독한 벌레 무한개가 찾아온다. 천사가 옮아온 매독균 하나를 죽이면 신이 옮아온 문필가 무한개가 찾아온다. 유토피아에 대해 자연의 일부로는 자연에 개입하지 않겠다는 입장 때문에 유토피아들 간의 해수면이 조금은 황혼 가까이 높아졌는지도 모른다. 하지만 아름다운 것에겐 마찰력이 있고 그것에 대한 사랑 역시 닳는다. 그런 표면은 인간에게 신겨 걷게 할 수 있는 게 아니다. 켤레는 끝이 처음과 붙고 나서야 좀더 장난감다워졌다. 그 나무에 젊은 남녀가 목을 맸다.

나 역시 아르카디아에서 쓸모없음을 줍다

꿈꾸던 요벨의 해에

태양이란 창틀로 으깨 뭉개진 것이 가장 좋다고 말한 사람은 죽어 미화(美化)되어 있었다. '오지 않은 것은 맞이할 수 없고, 외로운 사람을 다 팔지 않으면 바람도 방향이 비워지지 않는다.' 고대 만월(滿月) 속담에 기대어 이웃은 어두워지면 떠날 누구에게도 먹을거리를 꾸어주지 않았다. 죽어 괴이(怪異)가 빠져나간 몸으로 대지도 이처럼 헛된 냉대를 견뎌야 했다. '의롭고 성난 군대의 창에 꿴 악마의 눈도 제단에 모인 신들처럼 어둠이 시들어버린다오.' 음정이 없는 마차를 빌려 타고 노을이 오면 귀신에게 팔려갈 물건마다 고루고루 의인화의 소금이 발라져 있었다.

나 역시 아르카디아에서 쓸모없음을 줍다

인간은 아니지만 다만 인간의 흉내였던 눈부심에 남은 인격을 다 섞고, 남녀 창조신은 여자 쪽 밑이 뜯겨 있었다. 날개를 얻으려면 어깨가 등뒤로 여러 겹 얇게 접혀야 하고 천사가 되려면 투명이 변질되어야 한다. 허공은 모기장 구멍을 망가뜨리며 때마침 살을 위협했다. 이 값싼 보형물을 오로지 작가를 파는 상인(商人)인 채로 날마다 견뎠다. 생각하는 새를 먹었기 때문에 어느덧 나는 많은 빛깔의 과일을 외울 수 있게 되었고 신의 도둑질을 망보는 사람이 되어 있었다. 가장 견고한 신은 차가운 방향타의 뱃머리에 미성숙으로 불어와 나를 슬프게 했다. 나 역시 아르카디아에서 쓸모없음을 주웠다.

개 껍데기 양탄자를 타고 수양아버지여 살붙이 나팔을 불어다오

음악은 그 자체가 완결된 즐거움이라는 것과 그러므로 그 음악은 기다릴 수 없지 않겠느냐는 것이 낭송자의 견해였다. 초상학적으로 그들은 다정한 깃털이었다. 그러한 음악은 떠오름을 기다릴 수 없는 것이지만 대개 시인들은 흥을 붙여 말하는지라, 느린 것은 깊은 물을 잊게 하는 물이었고 빠른 것은 특별히 무기로 간주되어온 남성의 은유 상태로 남은 대천사를 거세하는 개숫물이었다. 그러나 허약한 종(種)을 장신구 삼는 기평(譏評)이 또한 무슨 결박일 수 있으랴? 객인의 미각이 주인이 쟁반을 두 손으로 받쳐 든 것과 같은 그러한 완결을 할 필요가 있다고 생각하지는 않는다. 운율의 빛을 가진 광물이 발아래 파묻혀 있어 우리를 춤추게 하여도 그것이 시의 배신이 아니라면 이 몸짓이 신의 엔진에 부어진 연료로 타오르는 편재론(遍在論) 모두의 음욕(淫慾)과 또한 무엇이 다르랴? 개 껍데기 양탄자를 타고 수양아버지여, 살붙이 나팔을 불어다오.

나 역시 아르카디아에서 쓸모없음을 줍다

망연자실의 피를 쏟는 여름밤에, 허약의 조각은 값이 너무 자주 바뀌는 탓에 약을 끼얹을 기회조차 없었다. 여름 첫 제자들은 굳어서는 곤란한 아교 혹은 분(糞) 같은 응시를 가지고 있었다. 뱀과 과즙 안엔 유익한 사람들이 떠다녔지만 도덕으로는 이해할 수 없는 채로였다. 멀쩡함 혹은 작가의 첨벙대는 물방개적 고독이 시와 신의 물가 전반에 걸쳐 다행히 지켜진 것은 물 밖의 세상이 물 안에 되비쳐진 자신에 의해 가장 훌륭하게 벌거벗겨졌기 때문이었다. '투명이 없으면 그 자리에 채색을 줄 것이나 자리를 골라 비추는 투명은 채색의 어디에도 없으리.' 나의 여름 제자들은 그 말에 그들 사숙(私淑) 전부를 걸었다. 나 역시 아르카디아에서 산문의 남자가 운문의 매춘부에게 걸었던 육체적 기대를 대신해, 쾌락의 신이 암소로 변해 목동 청년에게 범해지는 것을 기쁘게 지켜본다.

긴 피리의 남근을 불어주오, 가련한 가수의 코를 물어주오

긴 피리의 남근을 불어주오, 가련한 가수의 코를 물어주오.

폭풍 자락을 한 마리 양에 담고
목양신을 괴물로 쪼개고
제물 여자는 흘린 물과 함께
내장 엉킨 신에게로 기어간다.

긴 피리의 남근을 불어주오, 가련한 가수의 코를 물어주오.

잘 자란 월계수가 요강에 풀리면
귀신의 욕심도 겸손한 손을 달고 오리.
그의 손이 하늘의 농기구에 저항한들
인간 안에 숨은 자가 인간을 밀경(密耕)한들

긴 피리의 남근을 불어주오, 가련한 가수의 코를 물어주오.

신은 사람이 없는 집이 그 형상적 기원이므로
인간의 풍토병으로는 신이 없는 사람을 죽을 수 없으므로
긴 피리의 남근을 불어주오,
가련한 가수의 코를 물어주오.

호양나무의 고요를 따라

호양나무 언덕은 걷기의 쪽이기를 거부했다. 여름이 겨울의 등신대인 이 세계에서 상인의 물건 주머니엔 겨우 들여다봐야 보이는 아주 작은 불이 있었다. 그 불 속에 동서남북의 네 바다가 있었고, 다시 네 바다마다의 신이 있었다. 신의 장소마다엔 유리에 비치는 성자상의 스테인드글라스에 여러 벌 옷의 짜깁기 상으로 거대한 발바닥이 찍혀 있었다. "나의 넋은 뭍이 보이지 않지만 너희의 넋은 탄식이 보이지 않는다." 천상의 존재는 다만 대지가 허공에 취하지 않는 방법을 알지 못했을 뿐이다. 무한은 석탄보다 열등하게 뭉쳐져서 화부의 작업장을 굴러다녔다.

포유류를 따라 걸었기 때문에 고요는 입체 안에 평면이 있는 걸 아는 신이 되었다. 말하지 않으려 입을 다무는 것은 하찮지. 그래서 거룩하게 안을 엿보게 된다, 가벼움이라는 경이가 완전이라는 이름의 부모 젖을 빠는 것을. 결국 난노을의 주장이 맞았다고 생각한다. 우린 그치고 있고 거기서부터 자랄 것이다. 걷기가 어긋나는 풀밭의 그녀들이 순수해 보일 때가 있지만 가까스로 희망적인 의문에 기대어, 추부(醜婦)의 물도 눈부신 맨발을 전신에 끼얹고 살아 있는 연인으로 앞에 설 때나 그러했다.

"그러므로 판명은 소송이다." 이전의 영광된 그림 모두를 녹이는 용광로 속의 액체가 신의 국적자가 되기 위해 인간의 국가를 황폐화하리라던 안티오쿠스의 문예의 운명에 대한 예견처럼, 독배를 든 예술가의 이러한 선언은 다른 곳에서는 충분히 만족스러웠던 현대성이 문고(文庫)에 있어서는 반드시 참조되어야 할 높은 범주의 사례에서 갑자기 모든 예시가 부자연스럽게 사라진다는 걸 암시했다. 여기서 금지된 것은 아름다움과 그렇게 느끼는 감정의 성격적 불일치이고, 금지되지 않는 것은 원시에 남아 있기 위해 현대를 고대의 쌍둥이처럼 다루지 말라는 터부 일반이다.

본 그대로의 세상이 망가진 집의 입구로는 가장 이로웠다. 문은 겨울 푸성귀 같은 술을 마시고 노을이든 별자리든 뭘 좀 훔쳐온 염살뱅이가 되어 있었다. 그러한 나는 아마도 죽은 사람의 눈 코 입이 모인다는 황홀한 생물 전체를 봤다고 생각한다. 어느 숲에나 크고 민망하고, 그리고 과정이 없는 것이 남아 있었다. 내가 긴 오후를 다 허비하여 공들여 그걸 필사할 때, 죽은 사람을 떠나는 발과 죽은 사람에게 달라붙는 발의 아름다운 소용돌이가 장례 울음 내내 고요히 물결쳤다.

주홍 책 읽기

읽기란 참으로 뱃멀미에 불과한 나의 어릿광대라는 걸 모른 채 누르면 피가 나오는 샘과 그것을 알면서도 조용히 눌러보는 손끝이었다. 읽는 인간은 털을 뜯기고 가죽을 잃은 신세가 되었지만 수치를 아는 어린 신이 눈만은 뽑지 않고 그대로 두어 관망하며 여름을 방랑할 수 있었다. "우리에게 원죄가 있어 자연의 무결(無缺)이 끔찍한 것처럼 무지에게도 먼 것이 있어 어두운 방 모두를 열린 창 모두와 화해시킬 수 있었다." 살아서 자기 세대의 예술이 아니도록 학자들에게 학문 전체는 석양을 금했다. 오오 괴로워라, 읽기란 참으로 인간의 피부를 닮은 엉터리 강이라는 걸 모른 채 물결마다 신생아를 꺼내지만. 오오 무서워라, 뜻과 소리의 부스러기 정도로만 차이 나게도 물론 우리 모두는 작품 도둑들이지만.

먼 것은 행복하게 사람 눈에 알을 깐다. 빚은 것으로 착각될 정도로 사람은 너무 낡아 항상 포도주가 쏟기고, 술 주머니엔 이오카스테의 여름이 홀로 남아 모두를 즐겁게 했다. 자기 아버지인 줄 모르고 소똥을 어지럽게 발라 화덕으로 만들기를 즐긴 딸들은 이제 자기들의 정결을 용서하지 않는다. 그리고 구름을 다시 목측과 여름에게로 돌려보낼 때 영영 미숙하게 이 표절자는 외롭다. 하지만 입마개를 씌운 짐승에게도 울음마다 숙우(宿雨)는 엮이리라. 저기 괴로운 점등(點燈)을 닮은 여자도 한쪽 발을 주면 짖지 않는 개처럼 얌전하리라. 오, 물론 우리 모두는 읽기 재능 정도로만 훌륭해진 받아쓰기 도둑들이지만.

3계명

3계명은 유익한 죄악이었다. 발굽 동물은 그저 걷고 또 걸어 인간을 줄이기 위한 일을 반복할 뿐, 조형 요소의 발달이 아직 출발 단계에 있기 때문에 누군가에겐 별의 형상이 밤을 절반으로 줄이기 위한 일로 종종 오해된다. 그러나 고갈된 자든 영구히 답하지 않는 자든 그들 자신은 자신에게 다가오는 저녁에 대해서만큼은 충분한 가속운동이지 않았다. 나 또한 포유류에 억지로 집어넣은 인격과 같이, 전체를 다 합친 것과 같은 무게로도 자기를 어둡게 할 수 없다는 것을 아는 보철(補綴) 위로 무구히 추락한다.

나는 적란운의 모습으로 열일곱을 지났다. 미래는 언제나 소등 사이렌 후 펼쳐졌다. 내가 골라야 할 것들은 살아서 나와 춤추겠다는 약속을 못 지킨 무능한 무희들이었다. 차가운 돌과 뜨거운 돌과 미지근한 돌을 모으자 셋은 겨울이 되었다. 나는 가만히 적란운에 기대어 가루눈의 소리를 들었다. 다음 생은 내게 이런 말을 들려줬다, '우리가 죽어서 가는 저 세계도 자기와 이어진 세계와 살아서는 만나지 못하는 걸까?'라고.

만취한 유묘(幼苗)의 전별시(餞別詩)로 등을 비비면 미풍가까이 신의 미련함이 부푼다. 굶주림은 참으로 위대한 허공의 비유와 같아서 몸은 청훤(晴喧)한 날에 잘 바느질되어 있었다. 아주 슬프지 않고서야 꺼내 흔들지 말라던 나의 손

한쪽은, 태양이 물에 손 담근 것처럼은 틀림없이 간단히 일몰을 흘려보냈다고 생각한다. 물에 되비친 것은 거기에 담겨서는 소망될 수 없는 것이었다. 시는 그런 기대로 부푼 살인 도구와 잘 분리되어 있었다. '3. 너의 주의 이름을 부당하게 불러서는 안 된다.'

나는 나의 음부에 들어간 신만을 의지하노라

태워질 종잇장 같은 얇은 하루를 데리고
재속(在俗) 화형 재판소를 향했다.
그리고 어머니에게 팔았다, 남겨둔 내 고귀함을.
그것이 나를 찢고 애가(哀歌)로 나동그라지기 전까진
그러나 누구도 시인에게 담긴 괴물을 알 수는 없지.
해마다의 상처에서 이름을 따오는 가면을 위해서라면
자살은 실로 긍정의 왕이었다.
살아온 것이 살아갈 전부라는 걸 숨기고
재속 화형 재판소를 향했다.
'나는 나의 음부에 들어간 신만을 의지하노라.'
이 글귀만이 저녁을 질서 없게 하리라,
중년 남자가 한 줌의 엄마를 부르며 울었으므로
살아 있는 말이 죽은 말을 향해 경쟁적으로 뛰었으므로
몇천 년 동안이나 이 생물은 사람인 것이 싫었던 사람을
되풀이했으므로

겨울 대육각형
—시인의 삶

나는 꽤 어지러운 사람인 채로 팔려나갔다. 그러자 햇빛이 들이쳐 내 구경꾼이 변색했다. 여름엔 철물 공장이 강을 건너고 있었다. 그러니까 공장장은 여름이 끝나길 기다렸다. 강 위를 걸어온 자가 가축이 누웠던 자리의 수취인인 걸 계절의 겉봉을 찢으면서 알게 되었다. 만두피 같은 지느러미를 환절기와 바꾸느라 강어귀는 희고 맑았다.

철물은 매번 모양이 육각형이었다. 아리따운 처녀들은 배설한 소년을 배웅한다. 매미여, 밭을 태운 죄는 1년을 가니 너는 다음해에 오너라. 날개만을 위해 울음 안쪽을 메우다 보면 하루의 입술은 짧고 공기의 취미는 길다. 누나들은 자가발전의 방을 가지고 가출했는데 안쪽으로는 무수히 주름을 접어둘 수가 있었기 때문에 그 수가 줄지를 않았다. 육각형 안엔 삼각형도 들어갈 수 있었다. 나는 물을 끓일 수도 있었고 그 안으로 들어갈 수도 있었다. 방울만이 방울을 반겼다. 인부들이 허공에 협궤를 박는 모습이 구석방 하나 안에 모조리 들어가 있었다. 가끔 흐르는 땀을 모래가 대신하기도 했고 구르지 않는 바퀴를 집으로 돌아가는 길로 대신하기도 했다. 그런 여름의 손수건이 겨울의 대육각형 끝에 걸려 있다.

겨울 대육각형
—서재

거푸집마다 소사(燒死)한 사람을 묶어두고 왔지만 그건 말의 폭포로는 가능하지 않은 부탁이었다. 날아오른 돌을 떨어지는 거로 해달라고 그들에게 부탁하면, 저 세계의 직선들은 단지 이 세계로 얼음을 날려보낼 뿐이었다. 물의 감정은 우선은 구술(口述)의 액체로 채워져 있었다. 신이 물을 마시러 온 물가는 정말이지 나룻배를 탄 사람으로서는 곤란하기 짝이 없었다. 야맹증의 두 팔로 그린 반원만큼, 풍차에 미친 먼 나라 노인에게도 오늘밤 끝없는 송구영신을 빌었다.

공장장은 시인이지만 상업 활동으로 그것을 택한 것이다. 나방 무늬의 육각형들이 공장의 틀에서 찍혀져 나왔다. 나는 나도 모르게 그저 사람들이 그러듯이 하늘을 향해 채집망을 휘둘렀다. 떨어져내리는 연인들은 고귀하므로, 그들과 우리는 먹는 게 겹치지 않으므로. 인부들은 계절마다 성악설의 많은 못을 박고, 성선설의 모루로 다시 못 뽑기를 반복했다. 각자의 윤리마다 그럴듯한 마천루 장식이 빛났다. 오너라, 매미야, 거장은 작가 미상에서 완성된다.

모든 저녁 길이 그렇게 이 별의 자전에 기생하는 뱀이었다. 물방개는 물에 비친 나를 벌려주었다. 더 아래엔 죽은 나무와 가장 먼 나무 사이에 해먹을 걸고 내내 크게 걷는 여자가 있었다. 인골을 두드려 울리는 노래가 겨울 대육각형에서 들려온다.

우주 에세이

우주는 자연의 철골

사람들은 무의미한 하늘에 관대했다, 그것이 자기가 의미이기 위한 발판이었으므로. 코피가 흐른 것 같은 하늘 아래, 우주는 시듦의 벽을 사람 앞에 세우고 향기 없는 양탄자를 말아달라고 부탁한다, 한낮을 외롭게 뒤집어쓰고서, 해변이 부끄러움에 눈감는 마지막 시체가 되기를 바라면서.

직녀의 집에서 밤의 길쌈

죽은 직녀가 남긴 밤의 길쌈은 길게 떠난 여행이 환히 불켜진 양친의 집이라는 생각을 포기하지 않는다. 그에 비하면 나의 우주인은 1개월에 1궁(宮)씩, 혼자 두는 체스에서 지친 말을 따라 걷고 있었다. 고독은 왕처럼 모든 칸을 앞서가고, 각자의 젊은 시절은 관악기에 붙은 오래된 금속판처럼 입술 위에서 얇게 떨렸다.

밤은 중력이다

천천히 늙지 않는 새에겐 중력이 없고, 하늘은 젖을 유실하는 영구적 장소가 되었다. 밤은 중력이다. 시력을 되찾는 것이 어두운 것인지 더러운 것인지 여러 번 고민할 때, 던졌던 돌처럼, 밤은 정신을 멈춘 것이 아니라 영역을 멈출 뿐이다.

이데아의 제작공(製作工)

여기 검은색 직물로는 짧지만 골무를 낀 여자로는 긴 오후에 누워, 떠나간 사람의 옷 한 벌과 싸운다. 자연이 만든 것 중 인간 이래, 미래보다 시간상으로 더 앞선 슬픔은 없을 것이다. 밤의 생물은 번역되기를 포기하고 하늘을 일주한다. '오빠가 사람 된 날'이라고 너는 내게 말했지. 하늘이 완벽할수록 채찍을 맞은 말의 고독처럼 우리는 졸려.

유인(有人) 구역 가는 길

위대한 신의 바람도 곡물이 들판에 남긴 희미한 연주에 불과하다. 시 읊는 자가 '목자 살해'라는 비현실적 구문의 천국을 만들어냈다 해도 그건 뒤엎은 술이 남긴 지하계의 향기에 불과하다. 유인 구역 가는 길, 까마귀는 인간의 털끝을 물고 끈끈이를 몸에 두른 천사의 몸부림과 같은 어휘를 아직도 뻔뻔히 시인 검사에 요구한다.

근미래의 사생활

엄마라는 단어는 문어적입니다. 엄마로 만든 개를 바다에 짖게 하고 싶습니다. 시장에선 한 푼이라도 깎으려고 사람인 걸 포기하기도 합니다. 엄마가 낮술에 취해서 난간이 죄다 위험합니다. 거기 머무는 구름 종류가 많지 않아서도 슬픕니다. 소년 소녀를 모두 말과 마부에게 맡겨두면 공전주기는 자전주기 아래 반쯤 가라앉습니다. 하루의 절반쯤에서

1년이 지납니다. 약은 모두 섹스 후의 슬픈 알갱이입니다. 숲은 숲에 대항하지 않는 사람에게 뱉은 침이기도 합니다. 그 무한함에 있어 수치스럽고 그 유한함에 있어 섬뜩한 물체에 발을 담그고 엄마의 우주는 시원해졌죠. 저녁별이 어떻게 망자가 건너온다는 강과 등가물이 되는지를 술래잡기 이후의 밤이 토로합니다. 그들 각자는 다만 계절의 주인이 남겨놓은 귀뚜라미로 비탄의 모든 것을 바꿔버리는 값싼 노동자일 뿐이건만.

나의 개는 포도나무였으므로

기월(幾月), 여름 채집에 잡힌 편서풍의 오목한 등은 타구(唾具)로 썼다. 옷깃으로 만월을 기우고 그 끝엔 알맞게 씹어 토한 몸통을 맞대었다. 터진 자루 중 가장 많이 쏟긴 쪽이 인간 남녀에게 거주하게 될 자루였다. "나는 기나긴 돌팔매인 자요, 자연의 최종 형상을 쓰고 죽은 자요." 같은 곳에서는 싸움 개에게 맡겨진 어른이 강한 개와는 싸우지 않겠다는 편지를 정성껏 적고 있었다. 나는 내게 젖을 먹임으로써 여자에서 여자로 되돌아간다. 무릎 아래로는 더 긴 한철, 자기 얼굴이 담긴 물을 타진용 망치로 때리며, 성냥개비처럼 엎어져서 색마가 뉘우친다.

나의 개는 포도나무였으므로, 물체의 운동이기에 충분한 무명인을 가지게 되었다. 나의 개는 포도나무였으므로, 이름 붙일 것이 아닌 자의 꿈을 꾼다. 아이의 관 짜는 철이 지날 무렵, 바지 안엔 언제나 군데군데 칠이 벗겨진 지평선이 얼마쯤 남아 있었다. 타옥(墮獄)의 새는 나의 땔나무였으므로, 개를 풀고 도끼로 철인(哲人)의 반을 쪼갰다. 태아에서 태아로, 살인자의 되풀이되는 자백을 들은 것도 같았다.

성야(星夜) 사진을 찍다

당신의 기억에서 동물을 건졌습니다. 중력 앞에 순수하게 독방으로 추락하는 나날은 없습니다. 시무룩한 저를 먼저 맞아주는 것은 겨울 대육각형입니다. 플레이아데스 옆을 지나는 저는 앞으로 나아가기만 하면 되었으니까 항문이 없는 벌레여도 밤의 드라마에 실망하지 않습니다. 오늘 당신은 우주먼지이고, 당신의 수심은 털벌레와 같이 가축의 등에 내려앉지만 이 거짓말도 사람의 운명과 섞이지 않고는 신의 화덕까지 걸어갈 수는 없는 일입니다. 벌거벗은 별은 모두 야맹증의 새처럼 주둥이가 부러져 있습니다. 다각형의 별자리를 등에 매달고 동물이 수심 이하 독방으로 나아갑니다.

성야 사진을 찍기 위해 셔터를 길게 누르면 13, 14세기로까지 초점이 멀어집니다. 신의 복도에 늘어선 드높은 기둥들은 얼마나 많은 마녀의 잘린 목으로 번역되어 이교도 서정시의 하늘에 수놓아졌을까요? 들판에 앉아 소박한 도시락을 여는 목자마저도 순교극에서는 그러한 시를 위한 풍성한 살해자입니다. 좁은 침대라서 잠이 상처 날 수밖에 없다고 걱정하는 불면 환자들이 나의 정령신앙에서는 불행히도 땅 쪽으로 움직이는 것은 보지 못하도록 설계되었습니다.

돈사(豚舍)를 달리면 속옷이 삐뚤어집니다. 자연에 도취된 지푸라기처럼, 나도 돼지들도 아직 그럴 나이가 아닌데. 함께 달린 애들은 모두 핥아준 후의 것입니다. 다만 별의 둔

재가 별의 천재에게 배우는 건 고인의 유일한 얼굴이 미의 창건자를 닮는다는 것 따위입니다.

밤이 되어 모두 와서 먹도록 희생 삼는 심정은 분명 축제의 지식입니다. 사물이 거울로 답하는 것과 마찬가지로 위대한 찬가 역시 음향이 아니라 사물의 세계를 움직여 답합니다. 하늘이 자신을 비추는 세계 이외에 다른 세계일 수 없는 것은 분명 반복의 지식입니다. 신국(神國)은 온갖 정신이 사람에게 내려가는 무수히 많은 통로지만 사실은 잔인한 형 집행의 두개골 나누기에 불과합니다. 더 오래된 생각은 하늘의 커다란 사탕수수 으깨기입니다. 더욱 먼 나라는 방울이 딸랑 소리를 내면 달콤하게 눌리는 압착기의 정신입니다. 형제 손발 크기의 이들 파혼이 저는 부끄럽습니다. 더 가난한 자를 위한 동물원이 저는 부끄럽습니다. 얼음의 크기로 저녁을 달래는 가족이 가소롭습니다. 암흑 앞에 두 발을 모으고 차라리 개의 마음으로, 성야 사진을 찍습니다.

시인의 성좌는 별자리 뒤편의 고요한 뒤따름

오래 시를 쓴 사람들이 무섭다는 생각에 더욱 가소롭게도 '시인의 성좌는 별자리 뒤편의 고요한 뒤따름'이라고 썼었다. 그러나 시란 '참이지만 비참으로 그러한 것, 봉사했지만 가멸스러운 것'이라고 쓰고 싶었다.

"맞힐 수 있기를 바란 제 과녁이 오늘의 날씨로 찾아왔습니다"라고 어머니께 적어 보냈더니 "어릴 적 계절의 그무기들이 지금도 네 살에 닿디?"라고 적어 물으시던, 나는 나의 품조차 어머니의 건전한 방패인 것이 여전히 괴롭다.

주머니엔 '영원히 작품이 그러지 않기를 바라는 세찬 형벌을 가한 후의 작가의 섬멸'이라는 엉터리 쪽지의 자연이 들어 있었다. 속류의 새와 함께 '저녁이 부서진 숲'까지 걸었다. 어떻게 해도 다락방보다 낮은 것이 신비일 수는 없었다. 물 한가운데엔 포쇄(曝曬)로 반듯해진 물고기가 거의 의미 없이 떠다녔다.

웅덩이는 작은 발을 씹어놓은 모양으로 응원해주었다. 지혜의 무엇도 하위 학문의 특성처럼 정신에 대해서는 아무런 고통을 전하지 않았지만, 강독자 책상이 긴 시간의 독과 분리되기 위해 짧은 시간의 약을 먹었던 것은 옳았을까? 시인된 자는 밤에 대한 축자해(逐字解)이기 때문에 섞이지도 썩지도 않는 걸까?

버려진 인공 구조물 안에서 작게 폐를 쭈그러뜨리는 것만으로도 웅덩이는 우주에 비유될 수 있었다. 그러나 모든 것의 처음이 내게는 없는 크기의 조물주인 것만은 다행이었다. 노래는 종교의 조야성(粗野性) 중 드물게 인간 그대로의 형상을 한 신이었지만 어떤 노래는 하나의 표현만 가진 예술처럼 거대함이 가장 수치스럽게 벗겨진 발이기도 했다. 고용자가 와서 피고용자의 눈을 포크로 찌르겠다고 위협했다. 밀면으로 가득차 못쓰게 된 허공은 그뿐이 아니었다. 꽤 오랫동안 고막은 종교를 가진 계단처럼 신을 인간에게로 굴려 떨어뜨렸다. 하지만 자신을 위해 울리는 조포성(弔砲聲)을 들을 수 없다는 것, 충분히 있는 것조차 가까스로 있어야 한다는 멜로디의 일관된 공통점, 그러한 경이가 우주에 맴돈다.

기울기는 하늘 본디의 액체였다. 무덤에서 시신을 꺼내 뼈를 삶는 단죄가 유행했던 중세엔 인간의 몸을 그런 경사(傾斜)의 약어표(略語表)로 이해했고 자연에 대한 밝기를 이전보다 어둡게 줄여왔다. 하지만 그런 시대에도 사죄경(謝罪經)은 근면한 생물로는 무익하지만 납작한 여러 개 신 쌓기의 노래로는 노련하고 튼튼한 것이었다. '신들의 전생은 기억하기 전이 더 두렵다.' 밤과 낮은 그렇게 시의 조각이기를 끝맺는다.

수대권(獸帶圈)으로 가는 사람들

어느 시대나 자살광은 책의 이름으로부터 빼앗을 수 있는 전부를 빼앗아왔다. 그래서 그들은 잊힌다기보다는 읽을 수 없게 된다. 천장을 향해 투신(投身)하는 사람은 낙원의 체념이 이처럼 아무것도 방향이었던 적 없는 사방(四方)이라는 것을 알고 있는 기계장치였다.

밤의 동물이 오가는 길을 빼앗고 싶은 것이 병의 첫 형상이었다. 어떤 사람이 자기 아들을 쏘고 여기 음악가 아닌 자 한 명도 없다고 외쳤다. 가시광의 얼굴을 한 것은 언제나 외롭다. 무언가는 졸업식의 교정처럼 울어버렸다. 누군가는 손바닥으로 쳐서 물을 엮었고 어떤 것은 구름의 잘못을 눈감았다.

고대인들이 상상한 우주는 무너진 신전 형상이었는데 그들은 온전치 않은 틈으로만 완전(完全)이 비친다고 믿었다. 때로 이러한 해(解)를 가진 계절이 덜 깎인 렌즈 흉내를 내며 깨졌다. 송아지를 썰어놓고 고대의 어버이는 노을 앞에서 울고 있었다, 자연이 불사를 수 없는 것을 불사르고 있다고 자조하며. 인간과 신의 그리운 인력(引力)도 허공이라는 더 난폭한 중매쟁이에게 물어뜯기기 전까지는 지붕 아래 고이 덩어리진 반대편들의 여집합이었다.

나를 물파스로 닦아준 아이가 있었다. 널 구하고 싶다고도 했다. 그는 고작 나보다 서른두 살밖에 나이가 많지가 않은데 엄마 흉내를 내려고 했다. 지금 나는 해가 지게 하는 신의 연료를 깊이 저주한다. 혼자의 집에서 모기를 잡는 사람으로서는 너무 가엾지 않으냐, 엄마의 세계가 잘 망가진 사람에게만 사탕을 주신다. 장난감 태엽처럼 밤으로 몇 바퀴 후 내 생은 곧 구르기를 실패했다.

포도 닫기의 날

서쪽과 동쪽 두 개의 돌 사이에 태양이 위치하면 그해의 포도 농사가 충만하길 기원하며 근친에서 나온 아이의 여섯째 발가락을 작두로 자르고 그 악의에 찬 육체의 방해물을 포도밭에 묻는 의식을 '포도 닫기'라 한다.

인간에게 물으며, 왜 나는 언제나 모습의 절반으로 너희에게 돌아오고 있느냐고 밤의 트럼펫은 절규한다. 부디 산양처럼 씩씩하게 씹어다오, 포도 닫기의 날에, 어느 쪽으로 태양과 돌이 매달릴지를 정하면 그다음 일은 곡괭이의 아가씨들이 맡는다. 포도 닫기의 날에, 자살은 타살이 실패한 시. 그리하여 세계의 어머니들은 색점(色點)에 대한 판단이 달라지고, 변온 무리의 빛깔도 사티리콘으로 승화하면 어느덧 인간이 되리라. 그런 유령도 햄릿의 아버지처럼 죽은 자신이 자기를 선고한 신의 고민이기를 무한히 반복했다.

정야(靜夜) 가득 옛날 문신이 끼얹어지네. 돈을 모아 빌린 잠깐의 방에서 풋옥수수 냄새가 너에게 스치듯 박례(拍禮)를 치네. 걸으면 걸을수록 등압선은 오래 열어둔 문 모양 과자처럼 나를 반기겠지. 밤하늘엔 인간의 굽은 발을 크게 흉내내는 포도나무가 있었다. 모성보다 나은 방식으로 열매는 찌그러져 붉은 물을 흘린다. 누군가가 토한 것을 일개미 여러 마리가 깊게 끌고 가는 모습에 왠지 허망하게 울어버린 포도 닫기 날, 밤이 행상(行商)과 좌상(坐商)으로 나뉘면

눈을 찌르고 주둥이를 때릴 생각이었다. 자신에게 온 편도 표 초대장을 아련히 경멸하며, 맹랑의 반을 잃은 아이에게서 밤의 목로주점을 꺼낸다.

시체는 참으로 짙은 빵

"사람은 본지 영혼이 깡마르고……" 귀동아씨의 뒤틀린 위아래 턱에도 고깃값에 맞는 물건이 나온다. 큰 무모의 새가 가끔 화석을 물어와 발밑에 두고 가는 모양이었다. 자연을 광의로 대할 수 있다면 자연의 근거란 어떻든 옳았다. 그러나 묵지(墨紙)에 백지를 얹고도 여전한 것은 아무것도 밤이 아니다. "기도는 본지 허락에 의해 시들지 않고……" 우리 귀동아씨는 맛이 망가져버린 사람의 화를 돋우며 여전히 고기를 모신다.

하지만 나에겐 자연이 신의 너그러운 시렵이라고 말하던 시대의 숭고한 목마름이 없다. 내게는 벌레잡이가 되라고 기원하며 귀형께서 빨래 바구니를 씌워주셨다. 그런 밤이 길면 곤충을 째어 창자 점을 쳤다. 점쳐진 각자의 운명들은 놀라울 만큼 허두(虛頭)에 그쳐 있었다. 귀동아씨는 윗사람으로서의 모든 걸 낭비해버리고 동심원을 넘어설 것 같은 기분으로 털벌레, 깃벌레와 놀았다.

피타고라스는 자기가 발견한 음정을 만인의 칸막이라 불렀고 거기에 몇 가지 칸을 더함으로써 그 지식의 특별한 침묵이 중시되는 것을 경계했다. 어떤 주상물(住相物)이든 자신의 형상 장치에 깔려 죽는다. 그러므로 어떤 숭고도 겹치지 않는 각각의 신을 내 머리에 내려치는 것은 이번뿐이다. 여러 번 걸레로 훔쳐 하찮아진 후에야 적대자에게서는 닮은 꼴을 시작하지 않는 바람개비가 돌게 되었다. 하늘의 물건을 보호할 미풍이 단두대에 마음을 달아주기도 했다.

애정 어림은 괴물의 첫 실수였다. 이들 서정의 유랑인에게 분할이란 작은 갈고리나 손아귀 이상은 아니었지만, 아기 주머니를 털로 잘 구슬리면 거기서 빛나는 바닷돌의 아이를 꺼낼 수도 있었다. "사람은 본지 영혼이 깡마르고……" 그리하여 시체는 참으로 짙은 빵이리라. 지금이 아닌 것은 간결하지 못하리라. 더 나은 무지는 그러나 신이리라.

포도 닫기

나는 아침 해를 내팽개친 병거(兵車), 호리병의 노래에 보답한 새를 먹는다. 이로써 밤에 쓴 글은 선한 인쇄업자의 침묵 아래 있게 되고, 보답의 많은 것이 희게 탈색된 깃털의 성좌를 괴롭혔다. 서리(黍離)의 나를 생각하면 육체 속에 자라는 한 가닥 벌레에 가슴이 찡해진다. 아마도 그에게 숲의 활자는 크게 휘고 있을 것이다. 포도나무 풋말이 각자의 멧새에 검게 찔려간다. —이로써 잘 그어진 상처는 잘 구워진 어미 염소 안에 좋은 새끼로 있으리.

교우(敎友)의 시 각자는 이 점을 자주 개탄했다. 그리고 분명치 않은 앞 글자를 따서 소리대로 적고 그것의 미래를 슬퍼했다. 하지만 어디론가 가기엔 이승의 염소는 너무 분명하게 느리고. 그때도 지혜를 따지기 위해 사람들의 배 속엔 언제고 밝게 등불이 켜져 있었다. —이로써 씨는 뿌리에 목 졸리지 않고는 싹으로 전유되지 않으리.

자신의 허약을 성애의 대상으로 삼는 아이들이 꿰어져 놀고 있었다. 문득 자욱한 사방을 들이마시고 스스로에게 물을 때가 있을 것이다. 그때 발자국이 포도알보다 먼저 익도록 허락한 것은 누구라고 생각하는지? 오, 핏빛 나뭇가지마다 금생(今生)에 홀린 대천사의 마음이 바람결에 찢어져 흩어지누나.

하루는 개가 뜯어먹은 자리에서부터 저문다. 문지기 시인은 뜨거운 큰 짐승 요리로 변해 있었다. 궁핍한 별이, 반짝이는 숯이 더 밝은 미래를 후비러 온다. 자신 외의 금붙이를 통해 광명을 설명하는 방식으로 쾌청을 창조하는 시인들이 있음에도 불구하고 이렇게까지 자신의 깊이를 인간의 이름으로 제방 삼은 일은 어느 시대건 드물었으리라. 밀물이 돌처럼, 돌이 열매처럼, 열매가 썰물처럼 상한다. 사랑하는 사람이라면 몇 등분이든 상관 않는 그들의 조각이 순애보이기를 다만 나는 바라지만, 우리는 털에 감싸인 한밤의 무서운 보물이므로, 남은 하루의 절반을 벌레에게 맡기고 생명책 아래 무너진다.

부탁의 나무

절기상 하지인 이십 며칠에, 부탁의 나무라고 이름 붙인 나무가 죽었다는 소식을 듣고 그 집으로 갔다. 구름으로 발을 씻고 두부처럼 연한 몸 위를 걸어 그에게로 갔다. 나무여, 대지에 맺힌 지남력(指南力)처럼 당신을 여행하지 않을 수 없다. 그러나 왠지 부탁의 나무라 이름 붙은 이 나무에게만은 부탁할 수 없었다.

할머니가 개의 머리에 붙은 살을 뜯어 담아온 날인데도 사람들은 해 질 무렵을 흉내냈다. 술잔처럼은 넘쳤지만 맹인의 눈에 파묻힌 청결한 자국으로는 아직 비워져 있는 나무를 상상하면서, 무희가 물러나 일복(袒服)을 접었다. "예쁜 새야 겁내지 마라 우리가 훔쳐갈 너의 알은 여기에 삶이 없던 사람의 꿈을 가라앉힐 유일한 돌이니 예쁜 새야 지키려 마라" 기어 나온 회충처럼 온몸이 비탄하면서, 부탁 전의 그는 이 말을 여러 번 반복했다.

나침반의 S극이 없는 계절은 깡마르고 아름답다. 삽월(歃月) 강가의 누군가는 취구(吹口)처럼 웃고 있었다. 유리컵 안에 갇히는 즐거움에 빠진 아주머니에게선 모래톱이 돋아 있었다. "고마운 새야 모든 잎이 향한 바다를 잘 만져 보낼 테니 후회 없이 받거라." 이제 아주머니와 같은 물고기는 잊고 말았지만 신성한 물과 더러운 물은 섞인 채 반씩이라면 꽤 아름다움에 가까워졌다고도 이해하게 되었다.

연주하고 싶다, 네 벌레를 연주하고 싶다고 죽은 삼림이 속삭였다. 저녁은 타향으로서는 완벽했다. 방심하지 않으면 절대로 황혼은 가까워지지 않았다. 잔잔한 밤에 쏘아지는 포(砲)를 가진 위험천만의 생물은 나무에게 나를 부탁했다. 새는 언제나 무해한 예술가에게서 날아오고 이발사는 언제나 귀 뒤에서 날아왔다.

묘갈(墓碣) A

나는 선생의 망년우(忘年友)였다. 잎을 떼자 뒷면마다 먹칠이 가벼워졌다. 마음이 실패하는 장소이기 때문에 왕복해서는 안 되는 것은 이 우주가 다입니까? 쇠를 구부려 그림자 모양을 만들면, 행복은 철(鐵)과 같습니다.

선생은 위급한 자연이었다. 계절이 희박한 곳을 향해 쇄빙선 한 척이 깊이 부수며 가로지르는 일은 꼭 시와 같습니다. 그러나 그 내용은 슬픔의 재능이 아니라 재능의 슬픔입니다. 오늘은 잘 삶은 강낭콩을 가져왔습니다. 만유(萬有)를 걸어둘 모서리를 다듬기 전에, 함께 한 줌씩 가볍게 집어먹기 위해.

선생은 숨겨진 동물을 많이 가지고 있었다. 그중 한 동물은 인력(引力)의 공기를 걸음으로 바꾸는 능력이 있었다. 태양은 계부(繼父)다. 그래서 시인과 작사가들은 폭발로 터져 죽은 별에 대해 쓰지 않고 진정한 어머니에 대해 쓴다. 선생과 나는 그들과 같은 광대한 천하관이 없다. 그래서 선생과 나는 의붓된 것을 생각한다. 태양은 계부다. 거기서 '길변흉(吉變凶)'이라든지 '흉변길(凶變吉)'이라든지 온통 덧없는 그림을 지우기 위해, 접시 가득 푸른 콩을 담아왔다.

축소란 시간이 영원의 상에 시도하는 확대의 최대치이므로, 점점 작아지는 것엔 그것을 붙잡을 긴 끈 또한 준비되어야 한다. 천국에서 온 시인, 작사가, 돌림병 예언자는 국소성을 잃고서야 모두에게 사랑받는다. 선생의 한 걸음 한 걸음마다 증발하는 무덤이 찾아왔다. 펼쳐진 음역에 따라 현의 길이를 맞추듯, 잘 고른 길이로 우리는 추모했다. 묘갈에는 'A'라고만 적었다.

여름 산과학(産科學)

참으로 많은 축(軸)의 여름은 그해의 요강(要綱)이었다. 샘은 폭포가 끝나는 곳에서 단단해져 있었다. 다음 해에도 다음 해에도 어머니들은 갈라져 있었고 하나의 열매만 계속되는 사람을 잊어갔다. 물을 모아두는 방이 따로 있었지만 새들은 다른 방으로 날아갈 생각을 하지 않았다. 모두의 첫울음이 떨어지고 그 꼭지에서 남녀가 새롭게 맺히는 이유를 알 수 없었던 탓이다.

사람의 싸움에 베개를 올려두면 갯과의 배회 같은 것이 전등불 아래서 움직였다. 밤하늘 별자리마다 한해살이 동물들이 모두 아래로 풀려나가면 비로소 여름이었다. 손끝의 팬지는 피보다 많은 사정을 가지고 있었고, 동생의 사랑은 몸뚱이를 씌워놓은 여름과 거의 구분이 가질 않았다.

그것의 몸은 흰 털로 덮여 있었고 눈이 가로로 직사각형이었다. 너는 한 살밖에 안 된 아기라고, 네가 사람인지 먼저 발을 만져봐야 안다고, 버려진 사랑들이 길가의 고깃덩이에 다가와 소곤대고 있었다.

우리에는 눈이 예쁘다고 아이들이 찔러 실명된 토끼가 구석에서 잎을 갉고 있었다. 새벽 시장에서는 꽃망울 한 개당 한 점의 고기로 값을 쳐주는 일이 있었다. 동생은 거대한 속씨식물 같은 남자와 결혼할 것이다. 그러고 보면 그는 개화

(開花)가 아니라면 살아갈 한순간도 주어지지 않을 평온을 섞은 남자였다. 선악과의 계절이 왔다. 동생의 남자는 이제 울고 있는 청년이 아니다. 너무 커서 읽을 수 없는 글자로 모두의 얼굴이 감싸여 있었다.

신이 노예의 무엇을 행하는지를 알려는 모임에 가서 노래와 얘기를 듣고 색을 입힌 컵을 받아 왔다. 사람이 죽으면 대개는 그와 대등한 물건이 꼬리를 달고 되돌아왔다. 그해의 수많은 컵이 저마다 첫 수확의 술로 채워져 있었다. 맛보면 그것은 반드시 피조물의 맛이었다. 지평선은 잘 뻗은 나무 군집을, 상류의 폭포는 영원할 것처럼 구겨진 글자를 펴 가고 있었다. 나는 길게 자란 동생의 꼬리를 베고 누워 여름의 산과학을 꿈꿨다. 사전을 펼쳐보니 동생은 유미류(有尾類)라는 동물군이었다. 나중에 알았지만, 컵의 아랫면에는 신은 처녀의 그런 분만을 행했다고 적혀 있었다.

짐(酖)이라는 이름의 술

예전에 우리가 태어난 숲에 갔던 게 기억나? 조류원 앵무새들이 날개를 벌리고 우리에게 덤벼들던 게 기억난다. 그게 마음이 없는 자들이 마음이라고 생각하면서 들이켠 물 한 컵 같다는 얘기를 나눈 적이 있지?

세계가 중력 없는 좀 큰 방일 뿐이라고 생각했기 때문에 날고자 하지 않은 새가 있었다. 찢어발긴 듯 길쭉하고 빨간 꽃의 형상으로 표표히 울리던 만돌린 가락처럼, 맹금아 울어라 곽란포(霍亂泡)를 물고

마시려면 먼저 죽어 있어야 하는 짐이라는 이름의 술을 앞에 놓고, 예술에 방해받지 않았던 시절의 행복이란 살아 있을 때의 모욕감에 우는 도마뱀일 거라고 정의했다.

물체보다 적어지기 위해, 그어진 성냥보다 많아지기 위해, 저녁의 수공업자는 형상의 싸움을 표현의 싸움으로 만들 때의 인간화를 참을 수가 없다. 하지만 그의 솜씨 좋은 손으로도 세상은 형상 이상의 굳기가 되지 못한다. 이 손을 놓으면 기쁨이 가지런해지고 조물주는 피조물의 대장간을 빼앗기리. 신이 지나는 길을 우리가 볼 수 없도록, 위도와 경도의 벌레가 우리 눈에 자란다는 어느 기복신앙의 아름다운 우주관처럼, 노래는 싸개종이에 감춰져 은밀히 들려온다.

곤충관 앞에서는 무당벌레를 닮은 빵을 팔았다. 기도의 집은 언제나 유수(流水)의 둥지보다 작았다. 비닐 몇 장의 두께로 이사 온 이웃은 정말 한심한 마음으로 물방개에 길들여지고. 그래도 아침이 좋은 이유는 공기가 양손 없음을 본뜬 여행에 지나지 않았기 때문, 혹은 곤충의 면사포를 씌운 아이들 같기 때문. 더듬이 앞의 감촉을 따라 모두 한 번씩은 허랑함에 귀기울인 시절에, 유리창엔 떠나지 못한 사람의 손자국 위로 가만히 맞대어보던 떠난 사람의 손자국이 얹혀 있었다.

곤충 짓을 그만둔 아이는 이제 아마 이렇게도 말할 수 있지, 글쓰기를 보호해야 할 방파제가 오히려 글쓰기를 공격해왔다고도. 날갯짓에서 날개를 빼내는 새는 적어도 물 위에 떠 있는 긴 투명의 자기를 부르는 방법은 알고 있었다. 오늘의 내용에 늙음 · 병듦 · 죽음은 없었지만 물가에 두고 왔던 두 발은 잘 사라져 있었다. 빈혈의 돌이 다만 저녁의 동심원에 길게 걸려 있던 것만이 오직 속되었다.

영도(零度)의 술

나의 수드라가 취하게 한 생물의 빰을 치며 나의 브라만이 애달프게 지능을 잃는 밤에, 시는 아마도 찢긴 살과 근연종(近緣種)이었다. 개 흉내에서 언제나 사람 역할이던 아이는 한 수레 가득 지쳐 있는 자기를 싣고 왔다. 그 어떤 어림짐작도 거구가 된 집을 신이 가져가버린 집으로 만들진 못하네, 비참히 중얼거리며, 첨자(添字) 없는 하루가 휘돈다.

'예술은 전체가 아니라 각 조각에서 더 유한하고 더 나빠질 수 있는 비자연적 분류 아래의 순수한 정신'이라고 잠들기 직전 하급 시인은 생각했다. 이족보행과 보행실조(步行失調)에는 매일 밤 성공하지만 깬 뒤엔 너를 귀족 시인으로 만들리라던 목신들의 조그만 위협이 베풀어졌다. 하지만 무용한 발현악기일 뿐인 숲은 교수자(絞首者)를 걸어두기 위한 나무를 어디서도 빌려 오지 않는다.

세계 전체를 죽은 자 하나에 담는 일과 문학의 고별 능력이 동시적일 수 없다는 것은 이해될 수 없다. 자기가 알지 못한 것을 생명으로 누리는 개체와 자기를 알지 못하는 생명을 누리는 개체 간의 문자적 차이 외에 고인에겐 별다른 내용이 없었다. 식물은 절대로 더럽혀지지 않는다는 절대적 공포의 방에는, 초록이 지나는 향일성의 식탁이 있었다. 그들이 가진 광해(光害) 능력도 마침내 그들 자신의 브라만에게로 진보를 시작했으므로, 이제 영도의 술이기를 결심한 명징한 사랑에게로, 목신이여, 거인병(巨人病)의 염색체가 엎질러지고 있습니다.

야소교흥망약전(耶蘇教興亡略傳)

무신론자가 신으로 출현했던 때에, 죽을 수 없는 것은 우선은 죽을 수 있음을 대신했다. 종교의 자정 부근엔 세상의 온도를 모두 합친 것보다 복잡한 하루가 사람의 삯으로 변해 있었다. 가솔린을 얻기 위해 처녀 전도사를 따라 먼 교회를 찾아가기도 했었다. 얻어 온 것으로 곤로를 피우며 불꽃이 전해주는 얘기를 흉내내다보면 나의 난민은 빙하기 이전 생물로 나아가고 있었다. 선(善)은 육체가 정신에 대해 남긴 썩지 않는 청동 뱀이라는 비유를 들어, 고개 돌린 자의 옆얼굴에 온갖 낱말이 버려지는 것을 보았다. 아쉽게도 신이 섞인 물건에는 손발로 흉내낼 수 있는 것이 전혀 없었다.

그들이 너희에게 먼저 하늘을 준 것과 같이 너희가 다시 그들에게 하늘을 갚아야 한다는 의미로, 자신이 무엇인지 몰랐기 때문에 죽어서도 계속 성장하고 있는 왕의 이야기를 나는, 묘하게도 말대로 믿고 있었다. 내가 알아야 하는 허공은 모두들 상자 속 낙뢰로 멈춰 있었다. '그가 만지신 곳은 과(果)로 인해 변화되지 않은 원래의 인(因)이 유(喩)의 형식으로 온 것이니' 지루한 아버지들은 그저 집 밖에서 색소폰이나 불고 싶은 마음뿐이었다. 불안정한 음계의 이 묵극(默劇)에서 사랑은 애매하게 값이 낮고, 떠나주기를 바라는 사람은 살다 죽을 것을 바라는 사람과 조금만 달랐다.

천문 박사가 오신 후에 멍청히 두 다리가 우기의 강가로 사라져버리는 일이 잦았다. 나는 자기 얼굴을 비춰보고 비로소 범람하는 물건이기를 멈췄다. 참외가 떠내려와 장마철이 즐겁겠다고 여겼건만 건져보면 그건 반드시 머리였다. 위험하지 않은 생물도 물에 비친 자신에겐 위험한 생물인 것처럼, 태풍의 눈이 검은자위를 비워내고 있었다.

항풍(恒風) 아래엔 신이 본 대로 해보려다 눈을 쑤실 뻔한 그런 위험한 수면이 있었다. 자신은 죽어 마땅한 죄를 지었다는 주전부리 회개시를 써두고 모두는 아들 신처럼 원한의 부모를 잃는다. 천사가 떼어둔 피들(Fiddle)의 날개를 연주하며 정든 무능의 집에 모여 울타리 높이를 뽐낸 날에도 족성(族姓)은 곡예와 관련된 것이었다. 성(性)으로는 어설펐지만 완롱물(玩弄物)로는 완숙한 하늘 위로 빗금의 줄사다리가 날았다. 오오 떠오르고 추락한다, 그리고 허공의 아름다운 치마폭이 대지의 면사포이기를 멈춘다.

포도 닫기 주변

"자네는 이제 항해의 항해, 자네의 배는 이제 시체의 시체일세." 물가의 개 자랑꾼에겐 뗏목이 웃자란다. "잠든 자를 훔치러 오는 도적은 없고, 남은 불을 숯 그릇과 바꾸는 화부도 없고" 조용히 오므리는 밤은 그러나 안내자로서의 뭔가가 그릇되어 있었다. "무딘 칼을 휘둘렀던 남자는 오늘은 너무도 다정히 부은 발에 모기장을 덮어주러 왔습니다." 사람의 입에 가뭄의 신이 매달리면 벌레의 입엔 풍요의 신이 매달린다. 눈부시기 위해 결백의 비위생을 이상하리만치 납득하는 사람들은 차라리 몽정에 뿌려진 성스러운 정신의 알갱이였다. 하늘의 프리즘이 도착한 곳에선 네 개의 곧은 다리와 한 개의 맑은 등이 뻗어 나왔다. "큰 입의 복사술사와 짧은 손가락의 인형술사에겐 참으로 성긴 십자성호의 냄새를 따라 시 예찬의 도적이 자라난다네." 떠오른 손의 높이로 계절을 나누던 옛 풍습을 일컬어 허공에 사람의 두 눈이 파였다고 생각해도 좋다. 인류가 시작되지 않은 쪽을 깊이 들이마신 나무처럼, 언젠가는 저무는 날을 향해 무명(無名)의 물이 탄생할 것이다. 모두의 이름을 합치면 모두에겐 타향의 집이란 뜻이 남을 뿐이라고 물고기 옷을 입은 사람이 말했다.

나는 자기 꼬리를 공격하는 개처럼 풍물시(風物詩)의 자기 위협을 근심하지 않으리

동생이 자학의 밭에 머문다. 쇠를 식히며 모양을 다듬는 사람처럼 저녁도 식으며 감정선이 찌그러져 있었다. 무릎에 떨어지는 겨울 보리같이 동생도 아버지만큼 나의 방탕한 물체가 틀림없었다. 이웃의 벼락이 길어지고 깊어지는 것을 질투하면서, 너는 외로운 보균자가 할 수 있는 최선의 감염을 다했다. 어느덧 주변엔 어떤 높이에라도 데려다줄 것처럼 오목한 아가씨들이 자라 있었다. 아름다운 족의(足衣)를 만들어 신은 너는 모기장 밖으로 내쫓기고 그에 맞춰 나는 밤 숲을 두드려 모기를 날렸다. 흑발의 개와 함께 끝이 너무 얕게 다듬긴 인간을 배웅하러 갔지만 동생의 동물은 모두의 발등에 불그스름한 노을의 꽃을 쏟았다. 저무는 오늘이 돌아간 그 길을 따라 동물도, 소년 소녀도 낭독의 가면을 쓰고 올 거라는 예고를 받았다. 동생은 자기를 닮은 낭독대에 올라 고백했다. "손을 끊을 테다. 끊어 멀리로 던질 테다. 착한 사역견이 달려가 물어오면 다시 끊어 더 멀리 던질 테다"라는 신앙고백을. 자연의 절반을 회답으로 사용한 초속(超俗)의 너에 비하면, 사람을 보관할 귀품(貴品)의 크기일 뿐인 나의 자연상태는 퍽 불능하구나, 자학의 밭을 깜부기처럼 구르며 풍물시인이 속량한다.

칸트의 밤꾀꼬리 구절

누더기 강 조각을 찾아 이어 붙이고 있자면 저녁은 동냥받은 신들을 물가에 남겨두고 이곳에 온다. 하늘은 뭔가 쌓아두는 곳이라기엔 늘 모성과 유두가 모자랐다. '밤은 급히 신전으로 몸 팔러 가는 어머니이니……' 칸트의 밤꾀꼬리 구절을 읽는다. 처녀신의 수줍음도 얼마 가지 않아 흉하게 될 것을 알고 다시는 세상사의 기록에 도덕으로는 등장하지 않았다. 그것은 자체가 원리이기 때문에 그러했고 질료가 형상의 결과이기 때문에 그러했다.

하늘은 돌이 가라앉는 곳이자 돌을 처음 발음한 곳이었다. '그이의 아들은 선한 형태로는 있으나 절대적으로는 없으니……' 그것은 고귀한 구절이지만 어느 부분도 쾌인의 지능에는 뒤떨어지는 것이었다. 어쨌거나 세상은 나와 같은 악인은 감히 쓸 수 없는 맑은 시일 것이므로, '오 아무리 자연이 단순해지기 위해 단순함보다 많은 것을 한다 하여도, 오 내일을 오늘로 불러옴이 미래의 능력을 벗어나 있다 하여도 아마도 밝음이 어둠의 위치인 것처럼 저희는 살아갈 것입니다. 오 그것이 아무리 돼먹지 못한 자연이 시에 남긴 더러운 구족증(鉤足症)의 글자라 할지라도.'

밤꾀꼬리가 운다. 침샘에 고여 밤꾀꼬리가 운다. 영리해서가 아니라 악습적이기 때문에 천적을 막는 울타리는 펄럭이는 가리개 모양이었다. 술어의 벌레를 꼬드기며 가만히 씹는 도덕 시인의 살점엔 잘 이어 붙인 바람이 불어왔다. 밤꾀꼬리가 울자 사위(四位)가 맺힌다. 음(音)은 원래 뜻의 생략형이다.

만찬중 떠올린 의무
—시인들, 그대들 모두를 적대시하며

깨진 게의 등에 손가락을 넣어 후볐다, 절박한 것이 훌륭하지 않을 리 없다면서. 한편으로는 시적 위대함으로 채워진 궁핍의 의무가 떠올랐다, 읽을 수 있어선 안 되는 성질의 가족을 울음주머니에 담고. 곤충잡이는 길게 자란 황혼의 더듬이를 짧게 베어나간다. 불안이 안도보다 빨리 상한다는 걸 그러나 베인 자는 알지 못한다. 두려움은 그것이 무엇인지 모를 때 비로소 나였던 첫번째 생물이었다.

시인의 증오는 플라톤의 티마이오스 시기를 닮았다. 우선은 같은 것과 다른 것을 가지고 형태를 완성해간다. 그런 후 실재는 감정이 변한 모습이 된다. 그리하여 미쳐야 할 사람은 골방에서 사색하고 이미 미친 사람은 정원에서 관찰한다. 그것은 없는 것에 대해 사념해야 하는 사람과 있는 것에 대한 사념을 없애야 하는 사람의 동등한 숙명이었다. 하지만 그것은 수치이지 자랑일 수 없다. 자기 숭고의 꼭대기까지 기어올라간 거대 벌레 기질의 문필가-서적 판매상의 혼혈이 그러한 것처럼, 쓰는 것에겐 말하는 것의 불멸이 작가 살해에 실패하는 의뢰인 상태로밖에 이해되질 않을 것이다. 그것이 나였던 두번째 생물이었다.

아아 그리하여 가난 유괴범 또는 황혼 유괴범이여, 닭을 주랴 개를 주랴 아니면 뱃속에 담긴 아기를 주랴? 인간이 식물에게 흘러들어가는 소리는 아름답지만 그건 잡귀에게

나 해당하는 걸 아는 테마가 목동의 별을 뒤따른다. 만찬 참여 시인들이 초원의 입방정을 나누는 시기에, 목축술을 변증술사의 원예술(園藝術)이게 하는 시기에, 살아 있는 것에슨 알처럼 남모르게 자란 도둑 귀의 시기에, 그러나 자연이란 돌아서서 생명의 모든 것을 조각내는 칼 도마와 다르지 않았으니 그것이 나였던 세번째 생물이었다.

문학가의 연문(戀文)

배계절(拜階節)

철학가가 크로커스 꽃으로 맹수를 기쁘게 했다는 언덕에서, 연주되는 어떤 음악도 서로 불경을 저지르는 실타래 이상의 세속은 알지 못한다. 불량한 도덕 교사가 온전한 도덕 교사를 뉘우치게 했다는 옛 경기장에서, 표현은 세속신 정도의 생명관밖에 가지고 있지 않았다. 음악에는 영탄으로 배워서는 안 되는 것이 있다. 그리고 뮤즈에 밟혀 죽는 자는 필경은 시간을 연습하지 않아도 좋았다. 막전(幕電) 아래 파묻혀 죽여달라던 시는 도둑질한 꽃과 같은 정도의 시간관을 갖고 있었다.

금욕의 적대적 원천

숲은 비참을 쌓으러 간 사람으로는 그치지 않았다. 용서하지 못하겠다는 기분이 들 때마다 발자국에게로 뛰어들 생각을 했다. 창이 없는 집에서 층이 없는 집으로, 종교법이 길어져서가 아니라 세속법이 줄어들 뿐이어서 그렇다는 것을, 바람은 선회병(旋回病)으로 자기의 세속 국가를 변호한다. 그런 자에게 언칙(言則)의 먹이를 주지 마라. 표현보다 앞선 먹이를 주지 마라. 이물(異物)은 번역하면 곧 자기의 의미였다.

거수(巨獸) 복음

"당신의 품안엔 아마도 나와 같은 따뜻한 배설이 남았나

봅니다." 너는 다만 울먹이며 올바른 곳에 쏴달라고 부탁했다. 그럴 때마다 유한에는 무한한 방식으로 유한할 수 있는 증거가 있다고 생각하게 되지만 고백건대 죄 많은 시인이 선량한 괴물에게 발길질하고 있다고 생각하는 것만으로도 충분히 예술가는 불분명해졌다. 봉지 속의 여가수여, 나는 당신이 남겨둔 뒷장에 이토록 염치없음을 써갈겼던 모양입니다. 이토록 시는 구세군의 종소리로 극복되려나봅니다. 노래 쪽으로 가연성 쓰레기가 탔던 모양입니다.

태몽의 물체

회중등(懷中燈)을 청소하러 가야 하는 시간이면, 닦은 아이의 손은 하나가 적고, 그래서 없는 마디들 각자가 빛나는 반지를 끼고 있다고 생각하지, 눈부셔서 볼 수 없도록 아름다워진 것뿐이라고. 팔매선 위에 남겨진 괴물도 인간도 처음 두 번까지는 여행이 엉성했다. 사곡(邪曲)한 사람은 치맛자락에 정갈한 반찬을 옮기고 오래오래 귀신이 해산(解産)하는 소리에 귀기울였다. 가벼운 빛 속엔 절구 방망이, 물빨래판, 냄비 꼭지 같은 태몽의 물체들이 올려져 있었다.

친밀성과 밑바닥

장설(壯雪)에 개고깃집이 파묻힌다. 신의 알몸을 비췄다는 죄로 말미암아 뱀으로 변하도록 명령 받은 빛이 기어들어와 사는 곳이 겨울 입구에 매달린 좁은 항아리라는 이야기를 들었다. 시를 읽기 위해서 시를 동물의 통증에 비유하는 어떤 얘기든, 그런 얘기를 들으면 주인은 오랜 땅 밑 생활을 끝내고 지상으로 올라온 지렁이 끝에 묻은 현기증처럼 어지럽게 행복해진다.

눈은 재 한 줌의 브라흐미문자처럼 적히고, 구름의 단(段)으로 발을 깎고, 개고깃집 처마에 기대어 쌓인다. 겨울엔 길들일 것이 많은 나를 원래와 조금도 다르지 않게 위작했다. 간이 쪼여진 쪽의 하늘에서라면 나도 더 많은 형벌을 가진 감성 교육자가 될 수도 있으리라. 거기엔 언제나 피 양동이를 향하도록 젖은 내가 양손에 나라는 위작품을 들고 세워져 있었다.

피를 사모한다는 동물의 그 소원을 괸 물에 뜬 얼굴이 이뤄주었다. 이성애를 매료시킨 강은 발목 위로는 응고의 세상이, 무릎 위로는 기화(氣化)의 세상이 서로 얼굴을 감아가고 있었다. 새로운 깊이의 갱정(坑井)공포증 환자가 책을 들고 찾아왔다. 눈동자에서 젖은 돌을 꺼내 들고 마를 때까지 가만히 움켜쥐는 소년처럼, 세계의 내용이 새끼 낳는 구멍에서 저무는 걸 한탄한다.

길에 설소차(雪掻車)뿐인 계절, "빨리 죽이지 않으면 괄태충은 기둥을 타고 도망간다. 하지만 그게 모여서 의미를 만들어낸다"고 주인은 말한다. 당신과 나, 이제 자기 조각은 줍지 않아도 좋은 깨진 악기여도 괜찮은 걸까? 잡살뱅이 주인에게 건넨 핥아먹는 과자는 후에 어떻게 되었는지 모른다. 그러나 시각이 발달하면 의문이 없어지고 청각이 발달하면 모순이 없어지는 불우한 동무를 훌륭하게 하는 것은 결코 나 같은 귀리(鬼吏)의 일이 아니다.

케르베로스의 정 많은 하루
—시인의 삶

머리 셋 달린 개에게는 세 개의 다른 하루가 저문다. 애도는 빛에 대한 인간의 조금 다른 속도라거나 인간의 색깔은 원래의 그림자에 다른 표정의 그림자가 얹힌 것이라거나, 그런 말 따위에 우리 중 분노를 많이 가진 자가 찾아오는 이 풍속의 그리움을 머리 많은 수문장은 그러나 모른다. 낮 모두를 태우고도 남을 거룩한 석탄을 뒤집어쓴 개 머리 아이는 그것을 깊이 증오하고 있었다; 내가 크면 너휠 개 사료로 갈아 먹이겠다고. 그때의 나는 노병사(老病死)의 재능으로부터 멀어질 것이라고. 거기서는 심지어 자연도 인종적으로 저열했다. 하지만 바람에게 전신(全身)을 맡긴 민족에게 배운 것 중 수문장의 희롱물인 것이 있던가? 지금을 위한 백지가 얼마나 비웃음과 같냐고 시인은 묻지만, 네가 네 자신에게 한 짓은 사나운 시간에서 적막한 시간으로 태엽이 풀리게 된 장치의 시작이 전부였다. "나는 내 머릿수만큼 내게 벌을 주지만 이것 때문에 너는 창밖만을 너의 가해자 삼을 것이다." 개 머리가 울자 세이렌의 드럼이 울린다. 더 많은 통곡이 그런 식으로 인간의 찌끼 여러 줌을 모아놓았다. 오늘날 세상은 사육사의 발밑에 상륙하는 조야한 군대의 작은 승리로 분할되었다. 그리고 승리의 병 주둥이마다 박힌 자살욕의 마개가 전부 우수하다고 성실히 말할 수 있게 되었다. 그와 달리 생명은 기후(氣候)에 강철을 댄 사랑스러운 소리였다. 인간의 가죽이 위대한 것이려면 사람 앞에 북채를 쥔 사람을 세워야 한다. 드럼이여 울려라 얼음처럼 자립하라. 휘몰아치는 하늘로 난연성(難燃性) 태양이여 떠올라라.

추수 후 쌀겨 고르기

몸에 길의 자락을 걸어두는 것을 목소리라 할 때

노래는 트럼펫이 움켜쥔 젖은 숨과 같은 그런 집념이 아니고

유령 가수로 뽑힌 사람이 신보다 더 신 노릇을 잘하는 것을 시라 할 때

하늘은 물에 뜬 태양을 잡으러 깊게 내려간 손의 유실이 아니고

안의 난폭이 바깥의 허약보다 잘 만들어졌느냐 조야하느냐의 문제에 불과하듯

자루를 색대로 찌르면, 대앙(大殃) 악기를 따라 곡각(穀殼)이 날아간다.

귀신이 있다

내가 은방울꽃을 따듯 하루를 결 반대로 빗질하는 동안만 바람엔 흠집이 없다.

방외인(方外人)은 이곳의 바람을 신비로워한다. 그가 표현하길 우리의 바람은 자기들의 눈물과 소홀함이 닮았다.

내가 밤의 자석에 이끌리듯 모두의 검정에서 잿가루 봉지를 골라내는 동안만 거울은 나 자신에 대한 이야기를 하지 않는다.

이 세계로 돌아올 때의 나는 자신에게 들어갈 때만 다른 세계 앞에 있다. 그런 음악 경기에서 진 저녁이 지상을 떠나는 것만한 슬픈 음악이 없다.

생각해보면 죽음도 삶의 어감을 고치는 정도의 일이고 맑은 재겸(災歉)의 술도 낮에 켜는 등불같이 희미한 것이다. 존재한다는 것이 내용의 전부인 죄에 비하면 원래대로 돌아가기 위해 더 많아지는 것은 사실상 얼마나 더 광막한 것인가? 그 사이에 귀신이 있다.

여름 노장(露場) 에세이

집귀신은 벌레의 신비다. 등온선(等溫線) 아래 무릎을 꺼내고 "매미님, 지금은 무엇이 무엇으로 울고 있나요? 매미님, 올핸 무엇을 침묵하게 해서 그걸 첫 벼락으로 삼으실 생각이신가요? 나들이 선물로 편수(編修) 이국어 신서(神書)를 엮어 보냅니다." 새는 잃는 길만 물어다 떨어뜨린다. 그 길의 사람은 사라짐의 어떤 것도 벌로 여겨 소매 아래 남몰래 감추고 "매미님, 자기를 벌하는 저는 어느 꾸짖음에도 맞는 타악용 악기지만, 작게 헛구역질을 입에 넣고 그를 두드리는 일만큼은 여전히 즐겁습니다." 무두질된 아이 손 가죽엔 태양에서 온 오물이 빛나게 맺혀 있었다. 그들의 경전이 이른 바와 같이 '활화의 문 앞에 세계는 머리가 갇힐' 것이지만, 이 세계에도 저 세계만큼 등축도(等測圖) 아닌 계절을 마주하는 사람은 많았다. '악운이 다하면 호운(好運)이 들어오고 운을 담을 그릇이 사라지면 인운(鱗雲)이 모인다', 초식동물을 가두려는 목초지 각각의 싸움마다 하나씩의 신이 탄생하는 신비를 집귀신은 벌레 안에 가둔다. "매미님, 올핸 또 얼마만큼의 검정 돌을 배에 넣고 추락마저도 의지의 비약에 지나지 않게 하실 텐가요?" 소금쟁이는 별과 망원경과 중력이 섞인 불순한 과학으로 떠가고 있었다. 여름의 늪은 폭죽이 재난 대피소 위에 머문 우주를 하나하나 모조리 흔들어보던 하루였다.

히페르보레이오스의 나라
—시인의 삶

첫 키잡이 해에 나는 육신의 실을 놓쳤고 전생의 뜨개질로 더럽혀졌다. 밤마다 천장에서 생물이 쏟아지는 걸 절약하기 위해 달린 유방 수만큼 야행성 손발이 자라고 있었다. 시민적 전통에 따라 히페르보레이오스의 오장육부에로 오장육부 형상의 신이 방문했다. 찢어진 귀의 키잡이를 사랑한 날에는 신을 만질 수 없는 아쉬운 팔이 히페르보레이오스의 앳된 신부들만큼이나 무수히 달려 있었다.

어떤 날은 나날로 채워진다. '눈에 반디를 넣어주랴 깍지를 넣어주랴' 붉은 물감 장수는 별이 잠긴 소변을 실어 오고 화장품 장수는 남쪽 집배소의 서로 달라붙은 행선지를 떼어낸다. 혹은 밤은 유능한 가면 기술자가 아니라 여닫이여서 좋은 것. 혹은 신은 이름이 하나인 자가 아니라 깊게 찌르는 흙받이여서 좋은 것. '눈에 바늘을 꽂아주랴 골무를 씌워주랴' 히페르보레이오스의 사람들은 뼈를 닮은 귀화식물께 살을 나눠주며 놀았다.

빈종자(賓從者) 한 명이 수밀문(水密門)을 닫고, 야청빛 동물이 등 아래 정담을 뒤쫓고, 어떤 날이 나날로 채워지고 한 명이 한 명이기를 되풀이할 때, 가내 종교로 대저주의 촛대를 건너는 여름일 때, '시인이란 커다란 악취의 항문선을 떼지 않고 그대로 화로에 넣어 조리된 음식'이라는 재래 문구가 팔려가는 신부의 보자기에 빛나게 수놓여 있었다.

프네우마와 함께 계절이 오고

뻬르르뻬르르 피리가 울면 멀리서 비가 온다. 더 빨리 죽는 자를 더 불쌍히 여기는 시인이 비와 함께 쏟아진다. 고향으로 가는 향기의 소리마저 들린다는 희대의 귀 병신들과 함께, 고요는 고요로써 무기를 맞댄다.

직접적인 것에 대해 직접적으로는 회상할 수 없다는 물질과 정신의 유일하게 합의된 원칙에도 불구하고 세계가 우리에게 있는 것처럼 그 자신에게도 있을 수 있는가를 되물으며, 시인의 새는 양피지에 싸인 부육(腐肉) 덩어리로 쓰기의 상공에 도달한다.

무뇨증(無尿症)의 병원으로부터 잠이 가장 얕았을 때를 처방받았다. 날개돋이를 마친 후에야 비로소 실락(失落)은 변신담 구절을 얻고, 음유시인은 비로소 여행의 가늘기에 길들여질 수 있었다. 계절은 오랫동안, 먼지를 끌어안은 사람을 전망대 삼아 저녁의 부스러기를 지켜봤다.

도처에 있는 것과 어디에도 없는 것 사이에 비가 내린다. 주인공의 밤이 세계의 밤을 넘어서면 고독한 자는 불량품이 된다. 무리적인 것이야말로 박자와 멜로디 공동의 별자리라는 희대의 떼몰이꾼들과 함께, 구멍마다 생각을 막고 뻬르르뻬르르 피리가 운다.

은총은 자연을 파괴하지 않고 완성한다

신들이 먹다 남긴 들소의 뼈는 길상(吉祥) 모양을 간직하고 있었다. '하늘+먹지 않는+먹는'의 단어도 있었지만 이곳에서는 발현될 수도 실현될 수도 없는 말이었다. 하나인 존재에게로 가는 많은 것을 하나의 육신으로 그렇게 한 사람과 하나의 존재에게로 가는 것을 많은 육신으로 그렇게 한 사람에 대한 의인화의 포기 없이는 문장의 무엇도 위대해질 수 없었다. 태초에서 왔다는 증거보다 태초에게로 가고 있다는 증거가 더 명백해지기 위해 쓰기는 존칭어의 거리 안에 그렇게 있어야 했다. 자음이 불가사의를 잃을 때 언어의 진짜 슬픔이 찾아온다는 믿음까지는 잡화의 느낌으로 겨우 걸었다. 연금술사는 죄를 달궈 기껏해야 완전히 타락할 수 없는 돌을 만들었을 뿐이다. 탄생 반지와 장례 반지 끼우기를 반복하는 작가에 대해 얘기를 나누고, 그보다는 손가락이 헐겁고 싶다고, 강림절 전날, 신월(新月)에 빌었다.

천(千)의 모습의 첫 문자

첫날, 내장이 없는 자에겐 내장을 고기 아닌 자에겐 고기를 주었다. 잘 씻겨 아래의 깨끗한 곳을 가르자 인간을 홍수로 더럽힌 신의 물이 흘렀다.

아이는 색의 환각이 허락되지 않는 세계에서 알파벳 토막의 탑을 허물고 부수기를 반복한다. 하지만 무고한 보호색을 안고 있기 때문에 그게 문 앞인지 몰랐다는 변명만으로 낮의 무리에 의해 음악가의 독주곡으로 만들어진 사람이 정당해질 수는 없다.

고작 풍우(風雨)나 눈부심 등이 서정 따위를 신의 창자에 담을 뿐이지만, 있음을 이성애에 비유해 설명한 것도 없어지기 위함이었고 없음을 양성애에 비유해 설명한 것도 없어지기 위함이었다. 불침번의 계수자(計數者)는 늘 그런 부족에 시달렸다. "그대여 얇아지는 자기 발목에 반하지 말아요, 이 잔치는 늙은 말을 위한 장례식이니" 애도된 신의 얼굴로는 죽은 자도 자신의 몸 밖을 나서서는 안 된다는 금칙을 잊은 채 하염없이.

긴 발을 넣고 빙빙 키 높이로 돌려대던 자리공 그늘 너머 틀림없이 그렇게 되리라는 감정으로 염원을 떠올렸다. 누군가 하늘을 날아오르라고 하면 고독에 도전할 수밖에 없었다. 혹은 꼬리가 얇아진 채 욕조 가장자리에 쓸쓸한 체온을 남겨두어야 했다. 겨우 큼직한 글씨를 쓸 줄 알게 된 사람을 위한 첫 음소 문자는 살갗 모양이었다. 양말 장수가 다녀가면 또 며칠이 닳아 있었다. 윤회를 멈춘 고기 맛이 그처럼 훌륭했다.

좋은 가부장의 시

천장은 첫번째 별이었다. 파리를 흔들던 끈끈이 나선 팔의 손짓도 좋은 가부장의 시였다. 벽지 무늬를 떠나 이윽고 고래자리 항성으로부터 먼지의 원반에까지, 모두들 맨눈으로 신을 볼 수 있을지 모른다는 소망을 품고 구슬처럼 어지럽게 별자리를 향하지만 신의 모습으로 도착하는 것은 언제나 말라붙은 물감 덩이 각자의 허약한 그림 그리기뿐, 밤과 낮은 고작 변신론(辯神論)의 탄생지였다.

천장 걷기를 소망하며 그 집을 찾아갔다. 귀신은 잡억(雜憶)을 남기지 않는다고 들었건만 떠도는 자들은 자기들이 완전한 물이라고 생각하며 매번 찬물을 우회했다. 불완전한 신이 완전한 신을 이용해 세계를 창조했으므로, '너희를 모방하던 쪽이 너희가 모방하던 쪽보다 더 오래 밤의 등사기로 살았으므로', 이마엔 모두들 폭풍을 주고받는 작은 문이 달려서는 안을 들여다보고 있었다. 그러나 비록 세계가 영혼의 악벽(惡癖)이라 하여도 무신론이 반드시 반대되는 두 쌍의 신으로부터 시작되지 않았다면 결코 그럴 수 없다.

한 계절을 여러 계절로 나누는 게 그에 따른 정죄의 전부였다. 그래야 완성될 수 있는 인간의 요절엔 '물들더라도 석양처럼은 아니'라는 거리감이 있었다. 하지만 그런 너희라도 곯어앉은 저녁이라는 이상한 수태에는 얼마나 상냥한지. 손가락 하나로도 인혐극(人嫌劇) 배우를 얼마나 잘 연기하는지. 천장은 청결을 물어오는 얼룩덜룩한 새였다. 집이 올빼미처럼 울 때, 찬물과 같은 인격 장애가 퍼부어졌었다. 우리는 이 세계에 태어난 것으로 초대받기 위해 태어난 것을 저 세계에서 빌려오는 자로 다만 이 세계에 왔다.

은총은 자연을 파괴하지 않고 완성한다

솟구치는 것은 장례 문헌처럼 지상 세계를 여행한다고 믿어졌다. 그때마다 산책길의 사계절은 기적처럼 서로 마주치지 않고 떠돌았다. 그러나 무덤에 넣기 위한 책들은 더욱 잘 팔리고. 동네 하천에 더럽게 잠기던 세상의 저녁은 먼지 속 야구 소년들이라고 믿어졌다. 그러나 신이 문해(文解)의 방식으로 우리를 증류하던 것보다 더 비겁하게 공은 떠올라 심장 쪽으로 기울고. 창조물은 자연과 충돌하지 않으므로 자연만큼도 타락할 수 없다는 말이 추락의 공 어디선가 들렸다. 내세울 만한 건 없었지만 내가 계속해서 마음 깊이 그것을 연습하던 시절부터 지금까지, 여전히 나는 지는 해가 나의 영혼을 거절하던 게임을 그리워한다. 잘못 가정된 뜻이 없다면 하나의 시도 편재하는 시에 불과하다는 힌트를 야구 소년단은 밤 경기장에 남긴다. 그런데 정말 그곳엔 쳐다보면 웃어주는 그런 내가 떠오르고 있을까? 땅에 달라붙은 일가붙이는 이제 천국을 잊어야 할 시간이라는 듯 아이들에게서 날개를 뗀다.

슬(蝨)처럼 취하다

저압선 아래 하루가 탄다, 해부 표본의 검게 마른 비장과 간처럼, 인격신을 섬겼지.

비스듬히 침착하게 성교가 지날 때, 소금에 던져진 것같이 외로울 사후를 걱정하며, 슬처럼 취한다.

하나의 벌판과만 계약하기를 강요한 태양의 죄는 그러나 땅벌레도 와서 주워 먹지 않는다.

머리를 상풍(上風)으로 장식하고, 빈 매미같이 서쪽이 비어가는 사람을, 추모의 맨 앞에 세워두었다.

"가수가 묻히면 파내 비로소 노래 삼으리" 긴 계절 내내 율에 없는 죄를 믿고 있었다, 그렇게라도 좌초(坐礁)와 이초(離礁) 사이의 식어버린 풀이고 싶었다, 아마도 사랑은 바라보는 나무 사이의 사라지는 나무가 전부였다, 슬처럼 취한다.

령(齡)

1령—구부려 만든 계절은 그해 여름까지도 모양을 결정하지 못했다. 잘못 찍힌 창문의 손자국을 그때그때 알맞게 고쳐주고 알뜰하다는 소리마저 들었다. 어찌된 형편인지 다시 고쳐서 쓸 수 없는 것에 대해서만은 읽을 수 없는 요판(凹版)이 늘어나 있었다.

2령—동물이 그 땅에서 이어 살 수 없었기에 목동은 신으로 전락했으며 이때 태양에겐 당사자라는 뜻 외의 것은 없었다. 채에 잡혀 곤충망 속으로 혼자 멍청히 떠날 준비를 했었다. 한동안은 4 대 6이나 5 대 5 정도로 발목이 고치 같은 것 속에서 달각였다.

3령—맨드라미 머리를 꺾어 병향(幷享)하고, 신화의 임신수(妊娠獸)로 하늘을 붉게 버무려도 계절의 보호색은 생앞으로 불어오는 것의 흉내일 뿐이었다. 고치고 또 고치고 영혼이 될 때까지라면 언제라도 나의 집엔 배은망덕이 깃든다.

넉잠—고치막을 뜯으면 오른손에서 왼손으로 노을이 굴러떨어진다. 밤은 한탄한 신이 되어 모두의 눈에 빠른 소용돌이를 그려보곤 했다. 조금씩만 배웅하는 문 뒤의 사람처럼, 가만히 감싸 그들의 성표(性標)를 지켜줄 생각은 애초에 없지만, 저녁이면 누군가의 팔베개 안에서 늘 허망하게 살의를 그르친다.

5령—다섯 가닥 산회(散會)의 풍향은 몽매의 길이가 짧아져 있었다. 대홍수가 일어나자 도서관의 책은 다시 흙으로 돌아갔다. 노을을 보고 '불안을 감춘 사과'라고 말할 허세의 책이 없다는 것이 무엇보다 안심이었다. 몸에 돋은 잡색의 털이 저녁보다 저녁의 이유를 더 많이 가진 것이 안심이었다.

꽃

아직 어렴풋, 꽃을 그릴 나이
그렇다 해도 꽃을 그릴 수 있다 내가 여주인이라 해도
통째로 꽃을 그린다 그래도 든든하게 꽃을 마음먹을 수 있는 나이
엽각(葉脚) 벌레는 되새긴 것을 비우고 있다 그걸로
꽃을 그릴 수 있는 나이
한 사람에게 분명히 말씀드렸다 길놀이 동무를 해달라고
그 꽃은 완벽했던 것 같다 너무 적어서 완벽하다

밥을 얻어낸 후 어디론가 가버린 누나들은
그런 곳에 색을 바른다 충분히 질렸지만
네가 청소 비품으로 내 머리를 두드릴 때가 그리웠다 그려지고 있으니까
다른 사람들에게도 멋없는 꽃은 그려진다
그걸로 괜찮은 걸까 죽어 있는 것처럼 영원히 나를 향해 피어 있어도

그 꽃은 웃어준 순간 처음으로 이해가 가지 않았다
사람으로부터 잊히고 있으니까 꽃만으로도 괜찮은 걸까?
부끄럽게도 나는 젓가락질이 서툴다
그래서 누구에게든 안기지 않는다
그래도 유난히 꽃이 그려졌었다

몇 번째 집의 몇 번째 꽃인지는 모르지만
잡을 수 없을 만큼 두툼해진 꽃을 그린다
어머니를 고른 아버지의 만족 따위를 생각하며 그릴 때
마다
꽃은 더 많이 그렇게 되었다

묘하게 너를 더 책임지고 싶다
오목렌즈로 가운데가 태워져버린 꽃이 있었다 그래선지
베개는 자기가 훌륭하다는 말을 몇 번 했다 그럴 수 있으
니까
길고 많은 박물군자의 손발처럼
잡종 개는 당당히 걸어와 꽃피웠다 그런데도 아직 꽃은
그려졌었다
아아 굉장한 꽃이 피었다

야좌도(夜坐圖)에서 길을 잃다
—시인의 삶

원대(元代) 화가 심주(沈周)의 야좌도를 보다가 이 또한 밤이 깊어 눈꺼풀, 귓구멍을 가져오지 않은 방문자거니, 잡돌이 섞이지 않은 버력이거니 돌연히 생각하게 됩니다. 밤을 완성하여 밤을 불가능하게 하는 데 성공한 부인과 만향(晩餉)을 즐기다 나온 말은 이러했습니다. "사람의 꿈은 그를 스쳐간 바람의 졸기(卒記)다." 응달에 기생해서야 겨우 피조물이 되는 나무가 있습니다. 그마저의 숲도 육체를 과시하는 말장수와 싸우다 흉측한 암말로 변해서 돌아왔다면 어찌 슬프지 않을까요? 제게 고요는 괴물 자극 노래에 불과했으니 하루는 유령이 뛰쳐나간 들판 그대로의 빛깔이었습니다.

고행주의자가 아니라 일그러진 진주이기 때문에 살아 있다는 것, 그것은 차라리 형어(形語)입니다. 육서동물(陸棲動物)에 이르는 길은 우리를 살려낼 자가 뛰어들지 못하도록 조교(弔橋)로 잘 막혀 있습니다. 물론 자신은 자신인 모든 것에 불요합니다. 자연의 절반은 이미 누구나 죽으러 갔었던 곳이기도 하니까요.

저물녘에 앉아 영원히 유효한 것이 되려는 사람은 아이들의 채롱(綵籠) 속 실공이 되어 정처 없이 구릅니다. 일생은 누구의 것이든 절곡수(絶穀樹)의 것이었고 조행(操行)으로 삶을 마쳤고 그리고 여전히 잘랐던 목을 도로 붙이는 공예를 반복합니다. 결국 사후란 손들의 미개함입니다. 크게 부푼 씨방 모양의 거룩송과 찬양송은 대피 요령에 따라 책상 밑에서 코와 입을 쥐고 배를 보호하고 그러고 나서야 안전하게 귓가에 들려옵니다. 진실은 곧 얇아질 것이고 그것을 두고 신에게로 나아가 자기를 동냥해 온 사람이라고 불러도 이상할 것이 없습니다. 야좌도에서 길을 잃었습니다. "가시오, 선율이 끝났습니다." 많이 용서했지만 아직 이 말을 더 용서하려고 합니다. 겨울엔 나귀의 콩을 까먹고 빨갛게 살이 찌고 싶습니다. 차가운 창자 요리로 살이 찌고도 싶습니다. 시는 죄상(罪狀)입니다.

해설

그리하여 다시 한번 더!

김정현(문학평론가)

1. 시, 얕고 묘한 술(術)

다만, 나의 글에 대해,

—「술래잡기 후의 고독」 부분

첫 시집인 『죽음에 이르는 계절』(천년의시작, 2004)의 '왼발을 저는 미나'부터, 전작인 『암흑향』(민음사, 2014)의 '적(聻)'[1]과 '산곡인' 그리고 이번 시집인 『유고(遺稿)』의 '귀신'에 이르기까지, 그는 시인이었다. 시인이었다는 이 말. 누군가에는 별다른 의미를 갖지 않을 것이며, 누군가에는 도달해야 하는 목표이고, 누군가에게는 더이상 집착할 필요가 없어진 말. 단지 시인이었다는 말. 언어를 통해 악의 성스러움에 도달하려 했던 자의 슬픔과 고통이 짙게 스며 있는 말. 무가치한 언어들의 허무함 속을 깊숙이 헤매인 자에게만 유일하게 허락될 수 있는 그 말.

그는 시인이었으므로. 그의 언어는 진리를 향한 바벨탑의 행적을 거치고 있었으므로. 그는 함께 출발했던 동시대의 누구와도 다르게, 그저 언어의 성채를 쌓아가며 자신의 존재를 형성해왔다. 그의 눈길은 악이자 괴물이며 동물로서, 불완전한 언어를 통해 도달할 무언가를 향해 있었을 뿐이므로. 『천문』(창비, 2010)과 『농경시』(문예중앙, 2010) 그리

---

1) 귀신이 죽어 또다시 귀신이 됨.

고 『암흑향』에 이르는 지난한 여정은 이를 말하지 않는 방식으로 증명해왔을 따름이겠다. 그렇기에 조연호의 시 세계를 이해하는 것은 단지 활자를 읽는다는 일차적 층위에선 가능하지 않을 것이다. 신과 자연 그리고 세계를 배반한 바벨탑의 언어는 우리의 눈에 단지 해석 불가능한 기호 덩어리처럼 보일 수밖에 없기에.

그러나 그의 시가 문자의 표면을 넘어, 죽음과 고통의 실존성을 통해 도달할 언어 이면의 영역을 항상 겨냥하고 있다는 점을 우리는 눈여겨봐야 한다. 그의 언어가 악의 성스러움으로 인식될 모순 너머를 향해 있다는 점. '진리는 오직 피로서만 쓰여지는 것'이라 말했던 니체처럼, 그의 시가 오직 언어의 심연을 위해 존재해왔다는 점은 조연호를 사랑해왔던 사람들이라면 아마 납득할 수 있을 것 같다. 시인들조차 이해할 수 없는 시인이란 별칭은 오직 자신의 세계에 헌신한 대가로 이루어졌다는 점을 말이다.

단지 그러한 태도로써만 이해될 어둡고도 난만한 문자도의 영역. 그는 타인에게 이해를 원하는 자가 아니었으며, '악'으로 행하는 자로 자신만의 세계와 언어를, 그 고통을 스스로 감내해가며 성좌의 언어를 노래해왔다. 그러한 그가, 이번 시집의 제목을 『유고(遺稿)』로 명시해두었다는 점은 이 글을 쓰고 있는 지금에도 나의 마음을 몹시 무겁게 한다. 「시인의 말」에서 스스로의 삶을 "'……세계가 우리에게 있는 것처럼 그 자신에게도 있을 수 있는가'를 묻는 정신 외엔 아무것에도 도전하지 않았던" 것으로 규정한 것처럼, 그는 오직 자신의 세계에 헌신해왔을 뿐이다. 요컨대 괴물의 기이성. 이해받으려 하지 않고 이해받을 수 없는 언어의 행로들에 대해 그는 "얕고 묘한 술"(같은 글)이라고 칭하며, 시인으로서의 삶을 마무리하려 한다.

그가 걸어왔던 혈로와 스스로 지탱해왔던 고통의 언어를, 깊어가는 세계의 몰락을 '악'으로 맞서며, 존재해야만 할 무엇을 추구해왔던 그가 이제는 지쳐버렸다는 것일까. 그는 더 이상 언어를 마주하지 않으려는 것일까. '시인의 말'에 적어둔 "얕고 묘한 술을 추모"한다는 말을 우리는 어떻게 받아들일 수 있는 것일까. 『암흑향』 이후, 그가 내놓은 『유고(遺稿)』는 그의 처철하기에 장대했던 시적 여정의 끝인가. 아니면 또다른 형식의 시작인가. 그와 우리에게, 시인이 "헛된 냉대를 견"(「나 역시 아르카디아에서 쓸모없음을 줍다」)디며 구축해온 문자도의 성좌란 어떻게 어둡도록 빛나야만 하는 것인가. 이 글은 그러한 의문점에서 출발해야 할 것이다.

2. "시인의 증오"가 향하는 윤리

어쨌거나 세상은 나와 같은 악인은 감히 쓸 수 없는 맑은 시일 것이므로,

—「칸트의 밤꾀꼬리 구절」 부분

그가 펼쳐둔 세계를 이해하기 위해 주의해야 하는 바는, 해석 불가능한 문자도인 그의 시가 일반적 감상의 방식으로는 접근이 불가능하다는 점에 있다. 아마 모순된 말처럼 들리겠지만 그의 시는 현실과 무관하여 유관하다. 이 날카롭고 이지적인 언어를 통해 그는 세상이 지옥이며 우리가 모두 죽은 신의 손아귀 안에 있음을, 그리고 세계가 조용히 멸망해가고 있음을 말없이 드러낼 뿐이다. 이것이 조연호의 언어가 가진 심연이다. 그는 자신의 성좌도로서만 말하며 유래하려 한다. 그렇다면 물어보자. 그의 눈동자에 비춰진 세계란 어떠한가.

세계는 불확실이 없는 공이었다. 그런 놀이를 떡갈나무로 가려주지 못해 정말 미안했다. 새의 이마를 소전(小傳)의 이야기로 두드리면 지치지 않고 밤이 불어왔다. 나는 분하게 짧아져가는 얼음이었다. 거기서 나는 이미 없어진 말이 다시 길게 차오르는 예절을 배웠다. 불확실의 공은 잠시 피부에 와서 광물의 꿈을 꾼 것일까? 쇳가루처럼 너에게로 날아 골격을 재설계하는 꿈을 꾼다.

(……)

껍질 밖을 빠져나온 조개관자를 불쌍히 쓰다듬었다. 몇

몇 저녁은 늙은 개처럼 해거름을 힘겹게 물고, 무는 동물로 영원히 인간에게 제한되어 있었다. 놀랍고 거대한 입을 가진 생물에게 가장 중요한 건 술래가 되는 것이었으니, 진개장(塵芥場) 쪽, 어쩌면 나는 그런 시를 알고 있다. 불깐 개를 안고, 진하고 더러운 노을을 걷어내지 않으면 세상은 기쁨을 넣어둘 수 있을 만큼 오래된 것이 전혀 아니게 된다는 그런 내용의 시를 알고 있다.

—「술래잡기 후의 고독」 부분

우리가 이 난만한 문자도의 세계에 발을 들어놓을 수 없던 이유는 시인이 펼쳐둔 악의 성좌도, "진개장(塵芥場)"[2]의 미로를 받아들일 수 없기 때문이다. 그러나 그의 시가 지닌, "색의 환각이 허락되지 않는 세계에서 알파벳 토막의 탑을 허물고 부수기를 반복"(「천(千)의 모습의 첫 문자」)하는 세계감을 체험할 수 있다면, 우리는 그의 문자도가 오직 단 한 가지만을 매우 명료하게 말해왔다는 사실을 이해할 수 있게 된다. 주의를 기울여야 하는 것은 그가 낮의 세계가 아닌 밤의 세계, 생이 아니라 죽음, "인외(人外)"(「채색 묘비 앞에서—시인의 삶」)와 "방외인(方外人)"(「귀신이 있다」)의 영역에 속해 있는 자라는 점이다.

철저히 부정하는 "시인의 증오"(「만찬 중 떠올린 의무—시

2) 쓰레기장.

인들, 그대들 모두를 적대시하며」)로 세상과 맞선다는 것. 세계의 모든 형상을 단 하나의 관점으로 꿰뚫어 보는 자의 '고독'이 여기에 있다. "세계는 불확실이 없는 공이다"라고 명료하게 선언하는 자의 세계감. 그는 이렇게 말하고 있는 듯 보인다. 정해지지 않은, 불확실성이 없는 세계란 무가치하다고. 불확실성이 없다면, 그 어떤 악도, 괴물도, 어둠도 존재할 수 없다고. 그것은 그저 무한히 반복되는 동일성의 끔찍함일 뿐이라고.

그러니 시인된 자의 임무란 어떠한 점에서 "존재한다는 것이 내용의 전부인 죄"(「귀신이 있다」)인 현실을 증오하는 것일 수밖에. 그는 "불확실이 없"고 명료한 세계에 맞서는 '불어오는 밤'이며, '작은 이야기(소전)'이며, 동시에 분히 싸우려는 '얼음'이고자 한다. 그러나 제목인 "술래잡기 후의 고독"이 가리키는 바처럼 이 '싸움'의 흔적들은 흔적조차 남기지 않고 금세 '짧아'지고 희미해져버릴 수밖에 없다. 그렇기에 그는 그 분노를 텍스트에 어두운 그림자로 남겨두는 방식을 택한다. 바로 그러한 방식이자 그가 꾸는 '꿈'. 그 '꿈' 속에서 자신의 존재를 끊임없이 설계하고 형성하는 것이야말로 "그런 시를 알" 수 있을 유일한 방식이 아닐까.

우리의 시가 아닌 그의 시. 스스로의 내면 속에서, 죽음의 영역이자 '귀신'의 세계 속에서 형성되어갈 시인의 노래가 여기에 있다. 그는 안다. 그가 바라보는 곳은 '기쁨을 넣어둘 수 있을 만큼 오래된 세상'인 우리의 지평이 아니라는 것을. 황혼의 '늙은 개'는 여전히 인간들에게 속박당해 있으리라는 것을. 시인이 배우려는 "이미 없어진 말이 다시 길게 차오르는 예절"이 형성할 꿈은 우리에게 들리지 않으리라는 것을. 하여 시인은 이렇게 말할 수밖에 없다. 어쩌면, "어쩌면 나는 그런 시를 알고 있다"고. 여기가 아닌 어딘가, 오직 "진개장"의 미로일 경우에만 문득 보게 될 무엇. 언어의 표면이 아닌 심연의 파편으로서만 도달하게 될 "그런 시"의 언어가 있을 것이라고 말이다.

"돼먹지 못한 자연이 시에 남긴 더러운 구족증(鉤足症)의 글자"(「칸트의 밤꾀꼬리 구절」)와 맞서 싸우기 위해 증오하는 자이며 죽음을 원하는 자. 시인은 말하자면 귀신의 악기이자 '아리스토텔레스의 나무에 목매달아 죽은 남녀'(「아리스토텔레스의 나무—시인의 악기」)가 되고자 한다. 그는 언어의 심연만을 원하는 괴물이자 귀신이며 '목매단 자'이다. "시각이 발달하면 의문이 없어지고 청각이 발달하면 모순이 없어지는 불우한 동무를 훌륭하게 하는 것은 결코 나 같은 귀리(鬼吏)의 일이 아니"(「친밀성과 밑바닥」)듯. 마치 차라투스트라의 정신이 사막을 가로질러 사자로 변신해 세계의 왕인 용과 싸우며 '나는 원한다'라고 외치는 것처럼. 그는 '아이'로서, 이 무의미한 세상에서 진실된 언어의 정신만을 원하고 있는 것이다.

따라서 우리는 그것이 익숙한 앎의 형태로 올 수 없다는 점을 주의 깊게 살펴야 한다. 이는 '모르는 것도 참으로 희구되어야'만이 "멍청해짐으로써 순도가 없는 영악한"(「아리스토텔레스의 나무—시인의 악기」) 언어의 미로가 될 가능성을 얻을 수 있을 것이기에. 언어의 표면이라는 한계를 넘어서려는 모순성의 구축이자, 그 갈라진 틈을 통해 심연을 현전케 할 고통인 것. 그의 언어는 이 고통을 이해하려는 자들에게만 베풀어질 기록물들이기도 하다.

> 나의 개는 포도나무였으므로, 물체의 운동이기에 충분한 무명인을 가지게 되었다. 나의 개는 포도나무였으므로, 이름 붙일 것이 아닌 자의 꿈을 꾼다. 아이의 관 짜는 철이 지날 무렵, 바지 안엔 언제나 군데군데 칠이 벗겨진 지평선이 얼마쯤 남아 있었다. 타옥(墮獄)의 새는 나의 땔나무였으므로, 개를 풀고 도끼로 철인(哲人)의 반을 쪼갰다. 태아에서 태아로, 살인자의 되풀이되는 자백을 들은 것도 같았다.
>
> —「나의 개는 포도나무였으므로」 부분

그는 자처한다. 자신의 언어는 나무였다고, 자신은 죄와 죽음의 영역에 속한 자라고. 자신은 '이름 없는 자'로서 존재하며, 그러하기에 '운동'이 될 것이라고. "이름 붙일 것이 아닌 자의 꿈"이라 불려야 하는 것. "개"이자 "포도나무"이자 시인의 영혼으로서, 스스로의 '죽음'과 "타옥(墮獄)"[3]을 "땔나무" 삼는 방식으로서만 성립 가능한 무엇. 그가 휘두르는 "도끼"란 이 지점에서 카프카처럼, 그의 정신이 지닌 불가해한 강인함을 가리킨다고 해야 할 것이다.

즉 그는 도끼의 언어를 휘두르는 자다. 무가치한 우리와 재생성되어야 할 영혼의 황금을 위해, 헛된 말들의 '철학자'들, 언어의 심연을 알지 못하는 자들을 쪼개버리는 자. 인간이 아닐 "태아"이자 "살인자의 되풀이되는 자백"의 목소리란 결국 불타오르는 괴물의 영혼이자, 자신의 불길로 죽은 언어를 되살리려는 연금술의 또다른 진명(眞名)이 아닌가. 그의 불경한 죄이자 귀신의 영역이란 이를 위해 존재하는 것일 따름이다.

단지 시인은 불경죄를 저지르며, 살인자의 악을 행한다. 이 행함의 철저한 정신, 언어의 심연을 파고들며, '불완전 속의 완전'(「수대권(獸帶圈)으로 가는 사람들」)을 위한 위악의 정신. 그의 죄란 악의 숭고함을 위해 존재하며, 그 방식으로서만 탄생할 수 있는 윤리를 원한다. 바로 그러한 영역에 도달하게 될 때에 시인은 "죽은 사람의 눈 코 입이 모인다는 황홀한 생물"(「호양나무의 고요를 따라」)을 '바로' 보게 될 수 있을 것이다. 악의 현전을 통해 완성될 변신술로서.

3) 지옥으로 떨어짐.

3. 귀신의 "애가(哀歌)" "대앙(大殃)"의 음악

그것이 나를 찢고 애가(哀歌)로 나동그라지기 전까진
그러나 누구도 시인에게 담긴 괴물을 알 수는 없지.
—「나는 나의 음부에 들어간 신만을 의지하노라」 부분

요컨대 시인의 언어는 귀신의 정신을 담는 그릇이다. 그러하기에 우리의 신이 아니라 "나의 음부에 들어간 신"만이 그에게 진정한 언어가 될 수 있다. 앞서 말했듯이 이는 밝음과 생이 아니라 어둠과 죽음이며, 우리가 보려 하지 않았던 언어의 심연으로부터만 유래하는 것이다. 상찬이 아니라 죄의 언어인 것. 그는 자신의 죄로서만 스스로의 '음악'을 증명하려 한다. 그가 탄생시키기를 원하는 것이자 드러내려는 "시의 죄상(罪狀)"이란 그렇다면 어떠한 의미를 지닐 수 있는 것일까. 그의 죄는 "어떤 주상물(住相物)이든 자신의 형상 장치에 깔려 죽"(「시체는 참으로 질은 빵」)게 될 운명을 어떻게 넘어서려 하는 것일까.

고행주의자가 아니라 일그러진 진주이기 때문에 살아있다는 것, 그것은 차라리 형어(形語)입니다. 육서동물(陸棲動物)에 이르는 길은 우리를 살려낼 자가 뛰어들지 못하도록 조교(弔橋)로 잘 막혀 있습니다. 물론 자신은 자신인 모든 것에 불요합니다. 자연의 절반은 이미 누구나 죽으러 갔었던 곳이기도 하니까요.

저물녘에 앉아 영원히 유효한 것이 되려는 사람은 아이들의 채롱(綵籠) 속 실공이 되어 정처 없이 구릅니다. 일생은 누구의 것이든 절곡수(絶穀樹)의 것이었고 조행(操行)으로 삶을 마쳤고 그리고 여전히 잘랐던 목을 도로 붙이는 공예를 반복합니다. 결국 사후란 손들의 미개함입니다. 크게 부푼 씨방 모양의 거룩송과 찬양송은 대피 요령에 따라 책상 밑에서 코와 입을 쥐고 배를 보호하고 그러고 나서야 안전하게 귓가에 들려옵니다. 진실은 곧 얇아질 것이고 그것을 두고 신에게로 나아가 자기를 동냥해온 사람이라고 불러도 이상할 것이 없습니다. 야좌도에서 길을 잃었습니다. "가시오, 선율이 끝났습니다." 많이 용서했지만 아직 이 말을 더 용서하려고 합니다. 겨울엔 나귀의 콩을 까먹고 빨갛게 살이 찌고 싶습니다. 차가운 창자 요리로 살이 찌고도 싶습니다. 시는 죄상(罪狀)입니다.

—「야좌도(夜坐圖)에서 길을 잃다—시인의 삶」 부분

그의 말처럼, '인생은 누구나 곡식을 끊는 나무이나, 조행(操行)[4]으로 삶을 마치게' 될 뿐이며, "여전히 잘랐던 목을 도로 붙이는 공예를 반복"하는 것에 불과하다. 생과 자연에

---

4) 법과 규칙.

는 어떤 기대도 존재하지 않는다. 그것이 진정한 삶이 아니라 무한히 반복되는 죽음의 악취로 가득차 있을 뿐이다. 이러한 귀신의 시선에 생을 찬양하는 '안전한 거룩송과 찬양송'은 들릴 리 없다는 점은 너무나도 명확하다.

그는 생에 대한 희망찬 예측이나 빛나는 무언가를 향하지 않는다. 멜랑콜리커이자 니체주의자로서 그는, 세계의 존재 그 자체인 '얇아져가는 진실'이자 낮과 신과 생에 대해 관심을 두지 않는다. 스스로 말하듯이 그는 "고행주의자가 아니라 일그러진 진주이기에 살아 있"을 수 있기에. 그리고 그것은 언어의 '형상(형어:形語)'으로서만 존재해야 하기 때문에.

"야좌도(夜坐圖)"의 성좌 아래, 그가 "일그러진 진주"로 존속하려 한다는 것은 그렇기에 그가 추구해왔던 불가해한 시인의 운명과도 같을 것이다. 누구나 '절반은 이미 죽어 있는' 세계 속에서, 길을 잃어버린 시인의 길. "자신은 자신인 모든 것에 불요"하다는 것. 즉 '필요하지 않음(불요)'으로써 도달하게 될 무엇. 따라서 우리는 그의 '악'에 대해, 그의 괴물성과 귀신들의 세계가 가진 '죄상(罪狀)'에 대해 긍정적이어야 한다. 그가 어둠으로 가득한 "야좌도"에서 머무르려는 것은 악의 형상을 통해서만 도래할 시의 존재론이 있기 때문에. "가시오, 선율이 끝났습니다"라는 말 이후, '더 많은 용서'를 통해서만 가능할 "나귀의 콩"과 "차가운 창자 요리"로서 말이다.

그가 원하는, "윤회를 멈춘 고기 맛이 그처럼 훌륭"(「천(千)의 모습의 첫 문자」)한 음식, "'시인이란 커다란 악취의 항문선을 떼지 않고 그대로 화로에 넣어 조리된 음식'"(「히페르보레이오스의 나라—시인의 삶」)인 것. 혹은 더 정확히 말해본다면 언어를 넘어선 음악이어야 하는 것. 시인은 항상 이러한 관점에서만 '음악'을 발견한다. "음(音)은 원래 뜻의 생략형"(「칸트의 밤꾀꼬리 구절」)이라는 그의 전언은 이 층위에서만 유의미하다. 우리의 언어와는 전혀 다른 방식으로서, 뜻과 의미가 아닌 알레고리로서.

말해지는 방식으로는 전달될 수 없는, 섬광처럼 드러나야 할 어떤 순간에 대해 그의 언어가 존재하려 한다는 진실. 시인이 시 속에서 악기와 음악을 통해 말하고자 하는 바가 이와 같다. 그렇다면 "대앙(大殃) 악기를 따라 곡각(轂瞉)이 날아"(「추수 후 쌀겨 고르기」)가는 순간으로서만 존재할, 귀신의 음악이 들려오는 그 풍경을 통해 시인이 궁극적으로 원하는 것은 무엇이라 불릴 수 있을까.

오늘날 세상은 사육사의 발밑에 상륙하는 조야한 군대의 작은 승리로 분할되었다. 그리고 승리의 병 주둥이마다 박힌 자살욕의 마개가 전부 우수하다고 성실히 말할 수 있게 되었다. 그와 달리 생명은 기후(氣候)에 강철을 댄 사랑스러운 소리였다. 인간의 가죽이 위대한 것이려면 사람 앞에 북채를 쥔 사람을 세워야 한다. 드럼이여 울려라 얼음처럼 자립하라. 휘몰아치는 하늘로 난연성(難燃性) 태양이여 떠올라라.

—「케르베로스의 정 많은 하루—시인의 삶」 부분

귀신의 "대앙(大殃) 악기"가 지니는, 세계를 파괴할 힘이란 이러하지 않을까. 그의 악기가 유일하게 연주하려는 악곡은 "오늘날 세상"과는 무관할 뿐. 이 플랫하고 평면적인 얄팍한 세계란 그저 아무런 의미도 지닐 수 없는 불모의 땅에 불과하다. 그 불모의 땅이란 "승리의 병 주둥이마다 박힌 자살욕의 마개가 전부 우수하다고 성실히 말"할 뿐인 곳일 따름이기에. 진정한 생이 아닌, 악과 연금술로서의 죽음이 아닌, 그저 동일하게 반복되는 무의미한 세계인 것.

그러하기에 그는 꿈꾼다. '큰 재앙(대앙)'으로서의 음악을. 과거에도 그리고 지금에서도 이 악과 죄와 귀신의 존재가 추구하는 것은 진정한 '생명'일 뿐. 하여 그는 원한다. "인간의 가죽이 위대한 것이려면 사람 앞에 북채를 쥔 사람을 세"우기를. 그리하여 '얼음처럼 자립할 그의 음악이 울리게' 될 때, 그 순간 비로소 '떠오르게 될 난연성(難燃性) 태양'을 시인은 기다리고 있는 것이다. 그 음악만이 유일하게 언어를 넘어서, 메시아의 알아듣지 못하는 노래처럼 존재하는 무엇을 울려퍼지게 할 유일한 방식일 수 있기에.

요컨대 그는 "암흑 앞에 두 발을 모으고 차라리 개의 마음으로, 성야 사진을 찍"(「성야(星夜) 사진을 찍다」)으며, "인골을 두드려 울리는 노래"(「겨울 대육각형—서재」)를 끊임없이 부르는 자이다. 그러한 음악의 형식으로서만 도달하게 될 언어의 심연. 그가 언어를 버리려는 것은 결국 시인이 언어의 근원적 한계에 도달했으며, 동시에 그 한계를 넘어서 도달하려는 음악의 세계를 꿈꾸었기 때문이 아닐까. 그는 단지 이러한 방식으로서 시인됨의 근본적 운명에 도달한 것일 테다.

"그리하여 절필한 사람만이 오직 번식"(「채색 묘비 앞에서—시인의 삶」)할 수 있다는 말의 뜻은 언어를 버리는 자에게만 완성될 운명이 존재한다는 것일 수밖에 없다. 이러한 점에서 그가 『유고(遺稿)』에 펼쳐둔 '시인의 삶'이 구축한 음악이란 우리가 생각해온 시인됨과 무관한 자에게만 주어질 '형상'의 언어일 뿐이다. 마치 "태워져버린 꽃"이 다시금 '굉장한 꽃으로 피'(「꽃」)어나는, 우리에게 주어져 있지 않은 '불가능한' 풍경처럼 말이다.

4. 단지 "가멸"에만 의지하여

그러나 시란 '참이지만 비참으로 그러한 것, 봉사했지만 가멸스러운 것'이라고 쓰고 싶었다.

—「시인의 성좌는 별자리 뒤편의 고요한 뒤따름」 부분

'연금술사'로서의 시인은 "죄를 달궈 기껏해야 완전히 타락할 수 없는 돌을 만들었을 뿐"(「은총은 자연을 파괴하지 않고 완성한다」)이라 말했지만, 이는 그의 언어가 완전히 실패했다는 것을 의미하지는 않을 것이다. 아니 어떠한 점에서 그의 언어는 실패함을 통해서만이, 악의 성스러움에 대한 알레고리적 텍스트로 존속하려 한다. 악기를 든 악의 현자의 시선에서 심연이 없는 언어란 그저 얄팍한 것에 불과할 테니까. 그는 자신의 운명을 실현하기 위해 '몇천 년 동안이나 사람인 것이 싫었던 사람을 되풀이'(「나는 나의 음부에 들어간 신만을 의지하노라」)하려는 실존적 의지 그 자체일 뿐이다. 바로 그러한 자에게 형성될, 언어를 넘어선 '음악'을 위해서 말이다.

이 지점에서 조연호에게 언어는 여전히 숙명이며 또한 운명일 수밖에 없다. 결론을 내려보자. 『유고(遺稿)』가 지닌 심연에 대해. 그것은 아마도 시인이 지닌 최후의 언어를 완성해버렸기에 가능한 제목일 수도, 혹은 더이상 언어에 얽매일 필요가 없다는 것으로서도 받아들여질 수 있겠다. 그러나 한 가지 분명한 것은 그 어떤 형식이든, 그는 자신의 실존적 운명에 대한 모험을 '모르는 방식으로서' 멈추지 않을 것이며, 그 길 위에 여전히 서 있으리라는 점이다. 이해 불가능한 문자도의 성좌가 어둡도록 빛나고 있을 '어딘가'에서.

그러니 이 악의 성스러움으로 가득한 그의 언어에 대해 다음의 말을 마지막으로 남겨두어야 할 것 같다. "치맛자락에 정갈한 반찬을 옮기고 오래오래 귀신이 해산(解産)하는 소리에 귀기울"인 "사곡(邪曲)한"(「문학가의 연문(戀文)」) 시인의 음악이자, 어둠으로 가득차 있기에 황홀한 당신의 세계는 아직 끝나지 않았다고. '방심하지 않으면 절대로 가까워질 수 없는 황혼'(「부탁의 나무」)의 운명애는 여전히 그리고 아직도 새로운 언어를 기다리고 있다고. 그러니 알 수 없는 귀신의 불가해한 성좌도여. 시인됨의 필연을, '그리하여 다시 한번 더!'.

조연호 1994년 한국일보 신춘문예를 통해 등단했다. 시집으로 『죽음에 이르는 계절』 『저녁의 기원』 『천문』 『농경시』 『암흑향』이 있다. 현대시작품상, 현대시학작품상을 수상했다.

문학동네시인선 136
유고(遺稿)

1판 1쇄 2020년 5월 31일
1판 2쇄 2020년 10월 20일

지은이 | 조연호
펴낸이 | 염현숙
책임편집 | 김민정
편집 | 유성원 김필균
디자인 | 수류산방(樹流山房) 본문 디자인 | 유현아
마케팅 | 정민호 박보람 우상욱 안남영
홍보 | 김희숙 김상만 지문희 김현지
제작 | 강신은 김동욱 임현식
제작처 | 영신사

펴낸곳 | (주)문학동네
출판등록 | 1993년 10월 22일 제406-2003-000045호
주소 | 10881 경기도 파주시 회동길 210
전자우편 | editor@munhak.com
대표전화 | 031) 955-8888 팩스 | 031) 955-8855
문의전화 | 031) 955-3576(마케팅), 031) 955-2678(편집)
문학동네카페 | http://cafe.naver.com/mhdn
북클럽문학동네 | http://bookclubmunhak.com

ISBN 978-89-546-7173-6 03810

* 이 도서의 국립중앙도서관 출판예정도서목록(CIP)은 서지정보유통지원시스템 홈페이지(http://seoji.nl.go.kr)와 국가자료종합목록 구축시스템(http://kolis-net.nl.go.kr)에서 이용하실 수 있습니다.(CIP 제어번호 : CIP2020016422)

www.munhak.com

문학동네